Liebe Leserinnen, liebe Leser,

danke für die positive Resonanz auf die Erstausgabe von „dreizehn +13 Gedichte" – ob via Social Media, per Mail oder per Brief, verfasst in schönster Schreibschrift. Angehörige nahezu aller Generationen teilten uns mit, sie seien von den ausgewählten Texten auf erstaunliche Weise „beglückt" und „berührt" worden. Die wunderbare **Anke Engelke** hat das Magazin im Zeitschriftenhandel entdeckt. Im Podcast-Gespräch erklärt sie SWR3-Hörfunkmoderator **Kristian Thees** in rund 15 Minuten Konzept und Grundidee von „dreizehn +13 Gedichte". Und zwar besser, als ich es selbst könnte. Über den kleinen QR-Code gelangen sie direkt in das launige Gespräch. **Danke, Anke!**

Katharina Pütter hat diesmal **dreizehn Gedichte aus dem 20. Jahrhundert** kuratiert. Jedes Stück begleitet sie mit einem essayistischen Kommentar, in dem sie die Lyrik historisch und in die Biografien der Dichterinnen und Dichter einordnet. Unter der Regie von **Roman Neumann** hat Katharina Pütter die Gedichte eingesprochen – **QR-Codes** führen zu den Audiofiles. **Barbara Heine** stellt im zweiten Teil **13 Gedichte der Gegenwart** vor. Die sorgsame Auswahl aller Werke zeigt, wie feinfühlig Gedichte auf Zeitströmungen, unsere Ängste, Sorgen und Hoffnungen hinweisen. Ob es um Kriege geht, Verfolgung und Zensur oder um Umweltzerstörung und Corona-Isolation. Sie handeln von Widerstand und von der Liebe. Gedichte sind kleine Geschenke für unseren Alltag. Sie machen uns stärker, sensibler – und ganz sicher auch kritischer für die zunehmend komplexere Welt, in der wir leben.

„Ich möchte leben. Schau, das Leben ist so bunt", schreibt **Selma Merbaum** in „Poem". Und fragt: „Warum brüllen die Kanonen? Warum stirbt das Leben für glitzernde Kronen?"

Slawa Ukrajini!

OLIVER WURM

Ehhr

Team

KATHARINA PÜTTER

Die Schauspielerin, Autorin und Übersetzerin hat die dreizehn Gedichte ausgewählt und zu jedem einen essayistischen Kommentar geschrieben. Die von ihr gesprochenen Gedichte sind über Audiofiles zu hören. Neben ihrer Theaterarbeit ist sie bei literarischen Lesungen live zu erleben, außerdem in Hörspielen und Radio-Features. Als Autorin (ihr erstes Buch erschien unter dem Titel „Leben geht weit") widmet sie sich insbesondere biografischen Themen. Sie übersetzt moderne Theaterstücke aus dem Englischen. Katharina Pütter wurde in Flensburg geboren und hat ihr Schauspielstudium an der Akademie für Darstellende Kunst Bayern absolviert. Sie lebt in Berlin.

DIETER BRAUN

Illustrator aus Hamburg. Er zeichnete die dreizehn historischen Dichter:innen. Der renommierte Künstler („Time Magazine", „Stern", „Zeit") und Kinderbuchautor („Die Welt der wilden Tiere" und ganz neu: „Die Welt der Meere") studierte Kommunikationsdesign an der Essener Folkwang Universität der Künste.

FOTOS: Thomas Ernst (ernst-fotos.de); Stefan Albrecht/Albrechts Beste Bilder; Enver Hirsch (enverhirsch.com); privat

dreizehnplus13

BARBARA HEINE

Die Hamburger Kulturmanagerin hat die 13 aktuellen Gedichte ausgesucht und moderiert sie an, indem sie zu jedem der Texte einen eigenen Zugang findet. Brücken zu bauen zwischen Inhalten und Menschen, zwischen Poesie und Realität, Entwurf und Realisierung, Tradition und Innovation ist Kern ihrer Arbeit. Mit ihrer Agentur HEINEKOMM bringt Barbara Heine seit 20 Jahren Menschen und Institutionen zu Kultur-, Gesellschafts- und Medienthemen ins Gespräch. Mit vielen der von ihr hier ausgesuchten Autorinnen und Autoren hat sie selbst schon zusammengearbeitet. Lyrik lesen und hören ist für sie wie mehrsprachig sein.

ANDREAS VOLLERITSCH

Der gebürtige Österreicher mit Büro in Hamburg und Pettenbach verantwortet das Design. Gründer des Editorial Design Büros NEUBAUDESIGN, das sich auf die grafische Konzeption, Entwicklung und Umsetzung von Magazinen und Büchern spezialisiert hat. Er ist Mitglied im Art Directors Club und gestaltete u.a. „Das Grundgesetz als Magazin“ und „Das Neue Testament als Magazin“.

IMPRESSUM

Herausgeber
OLIVER WURM (V.i.S.d.P.)

AUDIOFILES
Regie: Roman Neumann
Toningenieur: Patrick Ehrlich
QR-Codes: Jan Ammerwerth

SCHLUSSREDAKTION
Broder-Jürgen Trede

REPRO & LITHO
Martina Drignat

DRUCK
B&K Offsetdruck GmbH
www.bk-offset.de

VERTRIEB
stella distribution GmbH

Fotonachweise: im Seitensturz

Inhalt

dreizehn+13 Gedichte

Joachim Ringelnatz

DIE AMEISEN

* 1883 in Wurzen, Sachsen
† 1934 in Berlin

Joachim Ringelnatz

„Die Ameisen

In Hamburg lebten zwei Ameisen,
Die wollten nach Australien reisen.
Bei Altona auf der Chaussee
Da taten ihnen die Beine weh,
Und da verzichteten sie weise
Denn auf den letzten Teil der Reise.

So will man oft und kann doch nicht
Und leistet dann recht gern Verzicht.

HÖREN:

Leinen los – dem Horizont entgegen. Die Weite des Meeres, fremde Länder. Freiheit mit gesetzten Segeln. In seinem Elternhaus in Leipzig träumt der Schüler Hans Bötticher im ausgehenden 19. Jahrhundert von der Seefahrt. Die Schulzeit ist geprägt von seinem Widerstand gegen Lehrkräfte und Hänseleien wegen seines Aussehens – der Junge ist klein, seine Nase groß. Er rebelliert und zieht sich zeichnend und schreibend zurück. Seine originellen Gedichte und Geschichten trägt er bei Feiern der Familie vor. Vom Gymnasium wird er verwiesen, weil er sich während der Unterrichtspause im nahegelegenen Zoo von einer Frau aus Samoa den Unterarm tätowieren lässt.

1883 wird Hans Gustav Bötticher im sächsischen Wurzen als jüngstes von drei Geschwistern geboren – beide Eltern sind künstlerisch tätig. Sein Vater zeichnet und verfasst humoristische Texte und Kinderbücher – in Leipzig wird er Teil der Künstler- und Gelehrtenszene der Stadt und hauptberuflicher Schriftsteller.

Nachdem die Schulzeit des Jungen auf einer privaten Realschule weiterhin kompliziert und mit schlechten Noten verläuft, verschafft der Vater ihm 1901 einen Posten als Schiffsjunge auf einem Segelschiff. Der Traum von der Seefahrt erfüllt sich für Hans Bötticher – er „erfährt" die Weltmeere, segelt nach Südeuropa, Vorderasien und Südamerika. Doch schnell dreht sich der Wind und Ernüchterung stellt sich ein. Das Abenteuerleben geht für ihn mit belastenden Arbeitsbedingungen einher, und auch an Bord sieht er sich Spott und Demütigungen ausgesetzt. An Land übt der Matrose zwischen Hamburg und München im Laufe seines Lebens über dreißig verschiedene Berufe aus – vom Schaufensterdekorateur bis zum Fremdenführer – und er durchlebt immer wieder Phasen der Arbeitslosigkeit und großer Armut.

Im Ersten Weltkrieg meldet er sich freiwillig zur Kriegsmarine, er wir Kommandant eines Minensuchbootes – an einer Seeschlacht ist er nicht beteiligt. Seine Erlebnisse auf See und an Land bringt er zeitlebens in Bild und Sprache zu Papier.

1909 steht er erstmals im Münchener Künstlerlokal „Simplicissimus" – Treffpunkt der Bohème um Hermann Hesse, Emmy Ball-Hennings, Frank Wedekind und weitere Zeitgenossen – auf der Bühne, und seine literarische Laufbahn beginnt.

Unter Pseudonymen – ab 1919 wird er sich Joachim Ringelnatz nennen – werden seine humorvollen Gedichte in der satirischen Zeitschrift „Simplicissmus" gedruckt, und er veröffentlicht die ersten Bücher. 1912 erscheint sein Gedichtband „Die Schnupftabaksdose – Stumpfsinn in Versen und Bildern", der einige seiner bekanntesten Verse enthält – darunter auch „Die Ameisen".

Hamburg ist zu dieser Zeit die Stadt mit dem drittgrößten Hafen der Welt. Fracht- und Passagierschiffe laufen ein und aus, transportieren Güter und Menschen über die Elbe von einem Kontinent zum anderen. Die Stadt wird auch zum Schauplatz des Gedichts.

Zwei Ameisen, diese fleißigen und klugen Tiere, wählt der Dichter als Protagonisten für seine Fabel in Versform. Klein wie sie sind, haben die beiden ein großes Ziel: zur Antipode Australien zu reisen, der gegenüberliegenden Seite der Erde. Doch schon bei der angrenzenden Stadt Altona – heute ein Bezirk Hamburgs – erkennen sie ihre Überforderung, denn: „Da taten ihnen die Beine weh". So beenden sie ihre Reise, der Dichter nennt es „weise", und lässt sie bescheiden auf etwa 14.000 km Luftlinie „verzicht[en]" – „den letzten Teil der Reise."

Und die Moral? In den letzten zwei von acht Versen im Paarreim überträgt der Dichter die Erfahrung der Tiere auf den Menschen: „So will man oft und kann doch nicht / Und leistet dann recht gern Verzicht." Er entlarvt den Selbstbetrug beim Rückzug von einem Vorhaben, dessen Umsetzung mangelndes physisches oder psychisches Durchhaltevermögen verhindert. Ringelnatz zeigt das Phänomen der Selbstüberschätzung, indem er es von zwei Seiten beleuchtet. Einerseits die vernünftige Einsicht in das eigene Unvermögen, weil das „größenwahnsinnige" Ziel nicht erreichbar ist. Andererseits impliziert er, dass, wer sich nichts Großes zutraut, zu früh abbricht, auch Träume aufgibt und im Durchschnittlichen enden kann, möglicherweise bequem wird. So verbirgt sich hinter dem ironischen „weise" auch der Abschied vom Höheren, Größeren. Mit der Auswahl der winzigen Ameisen zeigt Ringelnatz Empathie für die „kleinen Leute" mit ihren Schwierigkeiten, die gesteckten Ziele in der großen Welt zu erreichen.

Lakonischer Humor und eine Alltagssprache finden sich in vielen seiner Reimgedichte – ironisch schreibt er über Sport in seinen „Turngedichten“ und erfindet den Seefahrer „Kuttel Daddeldu“ – er veröffentlicht hunderte Gedichte, auch Erzählungen, Theaterstücke, Kinderbücher und Autobiographisches. Die anfängliche „Unsinnspoesie“ wird zunehmend fein- und hintersinniger; Joachim Ringelnatz' komische und verspielte Verse klingen im Laufe seines Lebens nachdenklicher und melancholischer – ernster.

Die größten Erfolge feiert er in den „Goldenen Zwanzigern“ auf den Kabarett-Bühnen der Weimarer Republik, stets in einen Matrosenanzug gekleidet. Sein künstlerisches Talent ist breitgefächert: Er malt, arbeitet als Schauspieler und Schriftsteller. Mit der Liebe seines Lebens, seiner Frau Leonharda, lebt er zu dieser Zeit in München. Er gibt ihr den poetischen Kosenamen Muschelkalk. Sein Künstlername Joachim Ringelnatz erinnert ebenfalls an ein maritimes Wort: das Seepferdchen wird unter Matrosen Ringelnass genannt.

1930 ziehen Muschelkalk und er nach Berlin, um seine beruflichen Möglichkeiten zu erweitern. Doch der Aufstieg der NSDAP hat das Gegenteil zur Folge: Die Nationalsozialisten verfemen seine Bilder als „Entartete Kunst“ und verbrennen die Bücher mit humoristisch-sozialkritischen Gedichten. Auch der Seemann „Kuttel Daddeldu“ landet auf dem Scheiterhaufen, und Joachim Ringelnatz' Matrosenanzug muss im Schrank bleiben: 1933 wird dem Dichter Bühnenverbot erteilt. Seiner Einnahmequellen beraubt, verarmt er und stirbt ein Jahr später im Alter von 51 Jahren an Tuberkulose.

Beim Begräbnis auf dem Berliner Waldfriedhof wird sein Lieblingslied „La Paloma“ gespielt – der Grabstein ist aus Muschelkalk.

LESEN:

Die Schnupftabakdose

Berlin

Als Mariner im Krieg

Kurt Tucholsky

DAS IDEAL

* 1890 in Berlin
† 1935 in Göteborg

„Das Ideal

Ja, das möchste:
Eine Villa im Grünen mit großer Terrasse,
vorn die Ostsee, hinten die Friedrichstraße;
mit schöner Aussicht, ländlich-mondän,
vom Badezimmer ist die Zugspitze zu sehn –
aber abends zum Kino hast du's nicht weit.

Das Ganze schlicht, voller Bescheidenheit:

Neun Zimmer, – nein, doch lieber zehn!
Ein Dachgarten, wo die Eichen drauf stehn,
Radio, Zentralheizung, Vakuum,
eine Dienerschaft, gut gezogen und stumm,
eine süße Frau voller Rasse und Verve –
(und eine fürs Wochenend, zur Reserve) –,
eine Bibliothek und drumherum
Einsamkeit und Hummelgesumm.

Im Stall: Zwei Ponys, vier Vollbluthengste,
acht Autos, Motorrad – alles lenkste
natürlich selber – das wär' ja gelacht!
Und zwischendurch gehst du auf Hochwildjagd.

Ja, und das hab' ich ganz vergessen:
Prima Küche – erstes Essen –
Alte Weine aus schönem Pokal –
und egalweg bleibst du dünn wie ein Aal.
Und Geld. Und an Schmuck eine richtige Portion.
Und noch 'ne Million und noch 'ne Million.
Und Reisen. Und fröhliche Lebensbuntheit.
Und famose Kinder. Und ewige Gesundheit.

Ja, das möchste!

Aber, wie das so ist hienieden:
manchmal scheint's so, als sei es beschieden
nur pöapö, das irdische Glück.
Immer fehlt dir irgendein Stück.
Hast du Geld, dann hast du nicht Käten;
hast du die Frau, dann fehl'n dir Moneten –
hast du die Geisha, dann stört dich der Fächer:
bald fehlt uns der Wein, bald fehlt uns der Becher.

Etwas ist immer.

Tröste dich.

Jedes Glück hat einen kleinen Stich.
Wir möchten so viel: Haben. Sein. Und gelten.
Daß einer alles hat:
das ist selten.

HÖREN:

Peter Panter, Theobald Tiger, Ignaz Wrobel, Kaspar Hauser – so vielfältig wie seine Pseudonyme sind auch die literarischen und journalistischen Genres, in denen Kurt Tucholsky seine Beobachtungen der gesellschaftlichen und politischen Verhältnisse in der Weimarer Republik formuliert. „Und es war auch nützlich, fünfmal vorhanden zu sein – denn wer glaubt in Deutschland einem politischen Schriftsteller Humor? dem Satiriker Ernst? dem Verspielten Kenntnis des Strafgesetzbuches, dem Städteschilderer lustige Verse? Humor diskreditiert."

Kurt Tucholsky formuliert seine Gedanken für eine freie, menschliche Gesellschaft. Er verfasst Kabarett-Texte, Theaterkritiken, Chanson-Texte, Rezensionen, Satiren, Glossen, Erzählungen und Gedichte. Ein scharfzüngiger und scharfsinniger Beobachter des Zeitgeschehens – ein freier Geist, dem jegliche Einengung von Gedanken widerstrebt.

Sein Blick auf die Menschen ist ein ironisch-liebevoller. Er weiß um die Widersprüchlichkeiten im menschlichen Wesen, um die Abgründe und Schwächen, die Fehleinschätzungen, Irrtümer und Illusionen; auch um seine eigenen.

„Das Ideal“ veröffentlicht er 1927 als Theobald Tiger im Alter von 37 Jahren. Kurt Tucholsky ist zum zweiten Mal geschieden, monogam zu leben liegt ihm nicht, und er arbeitet in Paris als Korrespondent für Berlins linksliberale Wochenzeitschrift „Die Weltbühne“ und die bürgerliche „Vossische Zeitung“. Seine politische Haltung ist links. Von den marxistischen Lehren des Klassenkampfs distanziert er sich, er denkt undogmatisch und unkonventionell.

Dem Sohn einer assimilierten jüdischen Bankiersfamilie ist seine finanzielle Unabhängigkeit wichtig. Anders als die meisten freien Autoren der Zeit, kann er sich von seinem Schreiben einen aufwendigen Lebensstil mit Reisen und Maßanzügen leisten. Ein sozialistischer Bonvivant.

„Ja, das möchste“. Ein lyrisches Ich spricht ein „[D]u“ im Berliner Jargon an. In seinem Gedicht ironisiert Kurt Tucholsky die Vorstellungen vermeintlich vollkommener Lebensumstände. Er deckt die Maßlosigkeit menschlicher Ansprüche auf, indem er ihre Widersprüche offenlegt. „Die Villa im Grünen“ soll beides, strandnah an der „Ostsee“ und zugleich städtisch an der Berliner „Friedrichstraße“ gelegen sein – „ländlichmondän“, in unmittelbarer Umgebung von Natur und Kultur. „Das Ideal“ der luxuriösen Wohnsituation erweitert Tucholsky um „eine Dienerschaft“ und „eine süße Frau voller (...) Verve“; in Klammern ergänzend, wie zur Geheimhaltung geflüstert: „(und eine fürs Wochenend, zur Reserve)“.

Auch den Wunsch nach Reichtum an Pferdestärken unterstellt das lyrische Ich und „alles lenkste / natürlich selber – das wär ja gelacht!“

Mit Übertreibungen, Umgangssprache und Paarreimen steigert Tucholsky humorvoll die Dynamik seines Gedichts, die Aufzählungen werden mehr, die Sätze knapper. „Und Geld. (...) / Und noch ne Million und noch ne Million. / Und Reisen. (...) / Und fröhliche Lebensbuntheit.“ Die materiellen und immateriellen Ansprüche gipfeln in dem unrealisierbaren Wunsch: „Und ewige Gesundheit“.

Dann bremst er das lyrische Ich aus, mit der Wiederholung des ersten Verses, diesmal mit einem Ausrufezeichen: „Ja, das möchste!“ Ein großes „Aber“ offenbart die Realität und die Distanz zum vermeintlichen „irdische[n] Glück. / Immer fehlt dir irgendein Stück.“ Nach dem wiederholten addierenden Wort „Und“ wechselt der Dichter nun zu einem Entweder-oder und zeigt die Unvollkommenheit, indem er das, was „fehlt“ aufzählt. Und formuliert die ironisch-besänftigende These: „Etwas ist immer. / Tröste dich.“

Zum Ende wechselt Tucholsky vom lyrischen Ich zum lyrischen Wir und wird damit gesellschaftlich allgemeingültiger. „Wir möchten so viel: Haben. Sein. Und gelten. / Dass einer alles hat: / das ist selten.“ So das Fazit.

Auch fast einhundert Jahre nach der Veröffentlichung fangen Tucholskys Verse Aspekte des gegenwärtigen Zeitgeists ein. Die Statussymbole der 2020er-Jahre sind materiell, elektronisch, lukullisch – besitz- und konsumorientiert. Mein Haus, mein Auto, mein Boot. PS-starke Sport Utility Vehicles rollen ihre Besitzerinnen und Besitzer von der Friedrichstraße zum Wochenendhaus an die Ostsee, vom Jungfernstieg an die Nordsee, von der Maximilianstraße an den Tegernsee. Demgegenüber stehen Trends von Slow Culture und Minimalismus. Mein Selbstversorger-Garten, mein Fahrrad, mein Verzicht. Ihnen gemein: das Optimierungsbestreben individueller Lebensumstände, die Suche nach dem glückbringenden „Ideal“.

Kurt Tucholsky weiß, dass das Glück kein Dauerzustand ist, sondern immer nur das Empfinden eines vergänglichen Moments; und, dass die Menschen oft widersprüchlich denken und handeln.

1890 wird er in Berlin in eine wohlhabende Familie geboren. Der Vater arbeitet vor der Jahrhundertwende einige Jahre in Stettin. Während dieser Zeit leben die Tucholskys an der Ostsee. Als Kurt, das Älteste von drei Kindern, fünfzehn Jahre alt ist, stirbt sein Vater. Der Gymnasiast begeistert sich für die Glitzerwelt der Varietés in Berlin, er veröffentlicht erste journalistische Texte in der Schülerzeitung und beginnt 1909 ein Jurastudium. Er tritt aus der jüdischen Gemeinde aus und konvertiert zum Protestantismus. Beruflich entscheidet er sich trotz Promotion gegen die Juristerei und für das Schreiben. Die Erzählung „Rheinsberg: Ein Bilderbuch für Verliebte“ wird 1911 Tucholskys erster literarischer Erfolg, in dem er bereits dauerhaftes Glück als unerfüllbar entlarvt. „Und es gibt keine tiefere Sehnsucht als diese, die Sehnsucht nach der Erfüllung, sie kann nicht befriedigt werden.“ Mit seinen journalistischen Arbeiten wird er zu einem der bestbezahlten

Publizisten der Weimarer Zeit. Im Ersten Weltkrieg ist er an der Ostfront in Polen, patriotische Kriegseuphorie bleibt ihm fremd, und es gelingt ihm, als Feldzeitungsredakteur dem Schützengraben fernzubleiben. Nach dem Krieg schreibt er in nahezu allen journalistischen Rubriken – zunehmend politischer positioniert er sich gegen Militarismus, Chauvinismus und reaktionäres Spießertum und prangert Missstände an, die er in der Rechtsprechung und Politik wahrnimmt.

Sein Spektrum ist breit, unter Pseudonymen verfasst er auch Buchrezensionen, Gerichtsreportagen, Kabaretttexte und Gedichte. Als kritischer Beobachter entlarvt er in kleinen Details größere Wahrheiten und spiegelt sie der Gesellschaft mit spitzer und pointierter Sprache. Seine Lyrik verfasst er volksnah im Großstadtjargon.

Kurt Tucholsky ist ein Einzelkämpfer, zweimal heiratet er, und beide Ehen werden geschieden. Hinter seinem Humor verbergen sich Trauer und Zweifel, er leidet an Depressionen. „Jedes Glück hat einen kleinen Stich. / Wir möchten so viel: Haben. Sein. Und gelten. / Dass einer alles hat: / das ist selten."

1924 zieht er nach Paris und beobachtet und beschreibt von dort die Geschehnisse in der Heimat. Ab 1930 wohnt er abgeschieden in Schweden, in der Nähe von Göteborg. Die Entwicklungen in Deutschland bringen ihn zur Verzweiflung, und vorausschauend fürchtet er die Szenarien der sich anbahnenden Katastrophe. Sein physischer und psychischer Zustand verschlechtert sich, die Erzählung „Schloß Gripsholm" wird eine seiner letzten Veröffentlichungen und ein großer Erfolg. 1932 erscheint sein letzter Beitrag in der „Weltbühne". Im Jahr darauf verbrennen die Nationalsozialisten seine Werke. Kurt Tucholsky, Peter Panter, Theobald Tiger, Ignaz Wrobel und Kaspar Hauser verstummen. „Dass unsere Welt in Deutschland zu existieren aufgehört hat, brauche ich Ihnen wohl nicht zu sagen. Und daher: Werde ich erst amal das Maul halten. Gegen einen Ozean pfeift man nicht an."

1935 fällt er nach der Einnahme von Schlafmitteln und Alkohol ins Koma und stirbt. Als letzter Eintrag stehen in seinem literarischen Tagebuch auf einer gezeichneten Treppe aufsteigend die Worte: Sprechen, Schreiben, Schweigen.

LESEN:

Augen in der Großstadt

Schloß Gripsholm

Es gibt keinen Neuschnee

Mascha Kaléko

SOZUSAGEN GRUNDLOS VERGNÜGT

* 1907 in Chrzanów,
Österreich-Ungarn, heute: Polen
† 1975 in Zürich

Mascha Kaléko

Sozusagen grundlos vergnügt

Ich freu mich, dass am Himmel Wolken ziehen
Und dass es regnet, hagelt, friert und schneit.
Ich freu mich auch zur grünen Jahreszeit,
Wenn Heckenrosen und Holunder blühen.
Dass Amseln flöten und dass Immen summen,
Dass Mücken stechen und dass Brummer brummen.
Dass rote Luftballons ins Blaue steigen.
Dass Spatzen schwatzen. Und dass Fische schweigen.

Ich freu mich, dass der Mond am Himmel steht.
Und dass die Sonne täglich neu aufgeht.
Dass Herbst dem Sommer folgt und Lenz dem Winter,
Gefällt mir wohl. Da steckt ein Sinn dahinter,
Wenn auch die Neunmalklugen ihn nicht sehn.
Man kann nicht alles mit dem Kopf verstehn!
Ich freue mich. Das ist des Lebens Sinn.
Ich freue mich vor allem, dass ich bin.

In mir ist alles aufgeräumt und heiter:
Die Diele blitzt. Das Feuer ist geschürt.
An solchem Tag erklettert man die Leiter,
Die von der Erde in den Himmel führt.
Da kann der Mensch, wie es ihm vorgeschrieben,
– Weil er sich selber liebt – den Nächsten lieben.
Ich freue mich, dass ich mich an das Schöne
Und an das Wunder niemals ganz gewöhne.
Dass alles so erstaunlich bleibt, und neu!
Ich freu mich, dass ich … dass ich mich freu.

HÖREN:

Sozusagen grundlos vergnügt – Mascha Kaléko **„Ich freue mich. Das ist des Lebens Sinn.“** Zwei Sätze – ein Gefühl und ein Gedanke, die eine große Menschheitsfrage beantworten. Zumindest aus Sicht des lyrischen Ichs in Mascha Kalékos Gedicht „Sozusagen grundlos vergnügt“. Über drei Strophen formuliert die Lyrikerin zahlreiche Gründe für ein vergnügtes Lebensgefühl, für die Lebensfreude eines Moments, in dem innerlich „alles aufgeräumt und heiter“ ist. „Dass Mücken stechen“ und „Spatzen schwatzen“ beglückt ebenso wie die Tatsache, „dass es regnet, hagelt, friert und schneit“. Das breite Spektrum der Eindrücke und Veränderungen in der Natur ist positiv konnotiert und gipfelt in sinnerfüllter Daseinsfreude: „Ich freue mich vor allem, dass ich bin.“

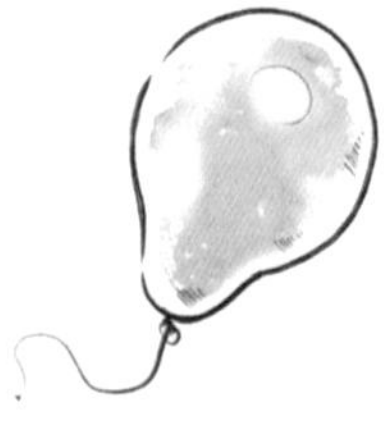

Mascha Kaléko beschreibt eine Momentaufnahme von subjektiv empfundenem Glück, eine alles durchdringende Freude, die euphorisiert, auf emotional intensive Höhen leitet. „An solchen Tagen erklettert man die Leiter, / Die von der Erde in den Himmel führt“. So fühlend – verliebt in das Leben und konfliktfrei mit sich selbst und der Umwelt – „kann der Mensch (…) den Nächsten lieben.“ Darüber äußert sich das lyrische Ich zum Ende der letzten Strophe vergnügt, und bleibt vom immer wieder neu wahrzunehmenden „Wunder“ und von dem „Schöne[n]“ fasziniert. Was weitere Freude auslöst. Erstaunt über diese Intensität endet das Gedicht mit der Essenz in einer Anapher: „Ich freu mich, dass ich … dass ich mich freu.“ Die Bilder in Mascha Kalékos Versen sind – bis auf „rote Luftballons“ – allesamt natürlich. Das lyrische Ich erfreut sich an der sinnlichen Wahrnehmung der Abläufe in der Natur und kann sich begeistert darauf einlassen. Obwohl – was war zuerst? War die Lebensfreude innerlich schon spürbar und hat die große Begeisterungsfähigkeit für das Außen dann ermöglicht? Oder färben die Schönheiten und Wunder in der Außenwelt auf die Gefühlslage ab und lösen das Vergnügtsein dadurch erst aus?

Auch wie lange dieses „Sozusagen grundlos vergnügt[e]“ Gefühl anhält, bleibt offen. Eine Momentaufnahme zweifelsfreier Freude.

Und doch lässt sich in dem Gedicht eine Dialektik lesen – die vermeintlich ungebrochene Freude als kindliche Utopie einer Wissenden, die sich der Bedrohungen in der Welt bewusst ist und sich ihnen zum Trotz freut. Obwohl es „grundlos" ist – es keinen Grund zum Vergnügtsein gibt – und in der Kenntnis, dass „rote Luftballons" platzen können; oder ihnen nach kurzer Zeit die Luft entweicht.

Die Dichterin hat früh erfahren, dass die menschliche Existenz nicht bedingungslos freudvoll ist. In ihrem Leben dominieren die Phasen, die nicht von der Leichtigkeit des Seins geprägt sind. Golda Malka Aufen wird 1907 im österreichisch-ungarischen Galizien geboren, im heute polnischen Chrzanów. Ihre Wohnorte geben Auskunft über die Biografie einer Jüdin im historischen Kontext zweier Weltkriege und des Nationalsozialismus. Frankfurt am Main, Marburg, Berlin, New York City, Jerusalem. Und sie stehen für ein Gefühl von Heimatlosigkeit, das sie zeitlebens begleitet.

Berlin ist der Ort ihrer Jugend und jungen Erwachsenenjahre – von 1918 bis 1938 lebt sie in der wachsenden Großstadt. Sie absolviert eine Bürolehre und besucht Abendkurse in Philosophie und Psychologie. Sie heiratet Saul Aaron Kaléko, einen Lehrer, und als Mascha Kaléko wird sie Ende der 1920er-Jahre – im Alter von Anfang Zwanzig – Teil der künstlerischen Avantgarde und steht bald in deren Mittelpunkt. Erste Kabarett-Gedichte von ihr werden in Zeitungen veröffentlicht, im Romanischen Café gegenüber der Gedächtniskirche steht sie im Austausch mit Kurt Tucholsky, Else Lasker-Schüler, Joachim Ringelnatz und anderen literarischen Persönlichkeiten.

In einfacher und direkter Sprache schreibt sie pointensicher und ironisch-melancholisch über das Berliner Leben mit seinen Hoffnungen und Hoffnungslosigkeiten – eine neuartige Großstadtlyrik. Ihre Themen sind der Alltag im Büro, die Liebe, Sehnsüchte und Nöte, die Probleme der Menschen – so entsteht eine zugängliche Poesie aus dem Alltag für den Alltag – und sie trifft damit den Nerv der Zeit. Mascha Kaléko formuliert im Stil der Neuen Sachlichkeit, jener Kunstrichtung in der Weimarer Republik zwischen den Weltkriegen, bei der die Betrachtung der gesellschaftlichen Gegenwart sachlich und unsentimental erfolgt – als Gegenbewegung zum metaphernreichen Expressionismus.

Ihr erster Gedichtband „Das lyrische Stenogrammheft" erscheint 1933 bei Rowohlt, und Mascha Kaléko „erklettert (…) die Leiter" des großen Erfolgs. Grund zu großer Freude – doch 1935 erteilen ihr die Nationalsozialisten ein Berufsverbot als Schriftstellerin und untersagen den weiteren Verkauf ihrer Bücher. Ende der Karriere.

Der Komponist und Dirigent Chemjo Vinaver wird Mascha Kalékos zweiter Ehemann und Vater ihres Sohnes. 1938 emigriert die Familie noch vor den November-Pogromen von der Spree an den Hudson River. In New York veröffentlicht Kaléko deutschsprachige Gedichte in einer jüdischen Exilzeitung. Geld verdient sie mit dem Verfassen englischer Werbetexte für Toilettenartikel und Unterwäsche. Ihre Sehnsucht nach verlorener Heimat und Sprache ist intensiv, die finanzielle Situation kritisch.

In Erinnerung an Berlin schreibt sie Kindergedichte im Dialekt, reimt über Tiere und die Natur. In Gedanken an sozusagen grundlos vergnügte Tage?

Mitte der 1950er-Jahre betritt sie zum ersten Mal wieder deutschen Boden. „Das lyrische Stenogrammheft" wird wieder aufgelegt – erneut erfolgreich. Sie wird für den Fontane-Preis nominiert, doch als sie erfährt, dass ein ehemaliges SS-Mitglied in der Jury sitzt, lehnt sie ab. Keine weitere Nominierung wird folgen.

„Das Glück ist arm an Phantasie; / sein Repertoire ist ziemlich klein. / Das Unglück aber – ein Genie! / Es fällt ihm stets was Neues ein."

Mascha Kaléko zieht ihrem Mann zuliebe mit nach Jerusalem, wo er arbeitet – sie bleibt dort fremd, sprachlich und kulturell isoliert. Es ist ihre dritte Emigration.

1968 ereignet sich die größte Katastrophe ihres Lebens: Ihr Sohn stirbt an einer Bauchspeicheldrüsenentzündung. Fünf Jahre später verliert sie ihren geliebten Mann durch einen Herzanfall. „Bedenkt: den eigenen Tod, den stirbt man nur, / Doch mit dem Tod der anderen muss man leben."

1975 stirbt Mascha Kaléko im Alter von 67 Jahren in einem Züricher Krankenhaus an Magenkrebs. Bis dahin drückt sie ihre Gedanken und Gefühle noch in zahlreichen leidenschaftlichen Versen aus. „Mein schönstes Gedicht? / Ich schrieb es nicht. / Aus tiefsten Tiefen stieg es. / Ich schwieg es."

Eine Vielzahl ihrer Gedichte erscheint posthum und mit unbekanntem Entstehungsdatum. In welcher Lebensphase, an welchem Ort Mascha Kaléko „Sozusagen grundlos vergnügt" geschrieben hat, ist ebenfalls nicht überliefert. Es wurde erstmals 1977 in dem Band „In meinen Träumen läutet es Sturm" veröffentlicht.

„Ich freu mich, dass am Himmel Wolken ziehen." Eine Momentaufnahme des Glücks.

LESEN:

Für Einen

Der Papagei, die Mamagei und andere komische Tiere

Interview mit mir selbst

Bertolt Brecht

FRAGEN EINES LESENDEN ARBEITERS

* 1898 in Augsburg
† 1956 in Ost-Berlin

Bertolt Brecht

„Fragen eines lesenden Arbeiters

Wer baute das siebentorige Theben?
In den Büchern stehen die Namen von Königen.
Haben die Könige die Felsbrocken herbeigeschleppt?
Und das mehrmals zerstörte Babylon
Wer baute es so viele Male auf? In welchen Häusern
Des goldstrahlenden Lima wohnten die Bauleute?
Wohin gingen an dem Abend, wo die Chinesische Mauer fertig war
Die Maurer? Das große Rom
Ist voll von Triumphbögen. Wer errichtete sie? Über wen
Triumphierten die Cäsaren? Hatte das vielbesungene Byzanz
Nur Paläste für seine Bewohner? Selbst in dem sagenhaften Atlantis
Brüllten in der Nacht, wo das Meer es verschlang
Die Ersaufenden nach ihren Sklaven.

Der junge Alexander eroberte Indien.
Er allein?
Cäsar schlug die Gallier.
Hatte er nicht wenigstens einen Koch bei sich?
Philipp von Spanien weinte, als seine Flotte
Untergegangen war. Weinte sonst niemand?
Friedrich der Zweite siegte im Siebenjährigen Krieg. Wer
Siegte außer ihm?

Jede Seite ein Sieg.
Wer kochte den Siegesschmaus?
Alle zehn Jahre ein großer Mann.
Wer bezahlte die Spesen?

So viele Berichte.
So viele Fragen.

HÖREN:

Wer kennt sie nicht, die Namen der Herrschenden, die in der Weltgeschichte mächtige Fußstapfen hinterlassen haben? Die der Könige und Staatsmänner, deren Großsein in den Geschichtsbüchern oft mit dem Beinamen „der Große“ notiert ist?
Sie heißen Alexander, Cäsar, Friedrich oder Philipp und sind die Repräsentanten bedeutender Bauwerke, strategischer Siege, epochaler Entdeckungen, triumphaler Eroberungen. Sie kamen, sahen und siegten. Allein?

Bertolt Brecht wirft in „Fragen eines lesenden Arbeiters“ das Licht auf die im Dunkeln Stehenden – die Soldaten, Sklaven, Arbeiter, deren Namen der Nachwelt unbekannt sind, und für die das glänzend Große in der Geschichte statt Ruhm meist Elend bedeutete.

Ein Arbeiter ist der Protagonist des Gedichts. „In den Büchern“ liest er Berichte über die Bauleistungen der Hochkulturen – vom Altertum, über die Antike bis zum 17. Jahrhundert, „wo die Chinesische Mauer fertig war“ – versehen mit „Namen von Königen“. Das wirft Fragen bei ihm auf. In prosaischer Sprache lässt der Dichter den Arbeiter die Informationen über die Erbauer hinterfragen. „Haben die Könige die Felsbrocken herbeigeschleppt?“ Erwähnt werden in den Geschichtsbüchern nur sie und die idealisierten „goldstrahlenden“, „sagenhaften“ Stätten, die „Paläste“ und „Triumphbögen“. Doch: „Wer errichtete sie?“ Auskünfte über die Arbeit und das Leben der „Bauleute“ bleiben die Bücher schuldig.

In der zweiten Strophe beziehen sich die Fragen auf historische Siege und Niederlagen. Auch hier stolpert der lesende Arbeiter darüber, dass sie in der Geschichtsschreibung ausschließlich mit Einzelpersonen verknüpft sind. „Der junge Alexander eroberte Indien. / Er allein?“ Auch, ob Cäsar bei dem ihm zugewiesenen Triumph über die Gallier „nicht wenigstens einen Koch bei sich“ hatte, bleibt unklar. Wie auch die Frage, wer sich – außer dem Monarchen Philipp – vom Untergang der spanischen Flotte noch betroffen zeigte. „Weinte sonst niemand?“ Wer sind all diese unerwähnten Menschen, über deren Arbeit, Freud, Leid und Tod geschwiegen wird?

Die Strophen werden kürzer, Brechts Sätze knapper. „Jede Seite ein Sieg.“ So viele Details, so viele Schicksale bleiben unerzählt. Der Arbeiter benennt weiter, was er wissen möchte und nicht erfährt. Die letzte Frage nach den „Spesen“ verweist auf die Opfer der großen Ereignisse und desillusioniert die Gigantomanie eines Einzelnen. Auf wessen Kosten waren sie möglich? Wer „bezahlte“ dafür und womit? Das Gedicht endet mit der lakonischen Feststellung: „So viele Berichte. / So viele Fragen.“

Indem er offenlegt, dass Antworten fehlen, fordert Bertolt Brecht über den anonymen Arbeiter, der hier stellvertretend für unzählige steht und dessen Perspektive er einnimmt, eine neue Einordnung historischer Groß- und Gräueltaten. Der Klassenkampf, die kapitalistische Ausbeutung der Arbeiterinnen und Arbeiter, ist eines seiner Lebensthemen. Herrschaft und Unterdrückung.

Das Gedicht erscheint erstmals 1936 in der Moskauer Zeitschrift „Das Wort“ und wird Teil von Brechts Lyriksammlung „Svendborger Gedichte“. Svendborg ist eine dänische Hafenstadt und von 1933 bis 1939 der Aufenthalts- und Schreibort des überzeugten Sozialisten und seiner Familie, die nach der Machtergreifung durch die Nationalsozialisten ins Exil flüchten mussten.

Geboren wird Eugen Berthold Friedrich Brecht 1898 als Sohn des Direktors einer Papierfabrik in Augsburg, er wächst in bürgerlichen Familienverhältnissen auf, sympathisiert aber früh mit dem Milieu der Arbeiterschaft und ist begeistert von Karl Marx.

Im Jugendalter beginnt er zu schreiben. Viele seiner politischen und liebeslyrischen Gedichte verfasst er als direkte Reaktion auf äußere Geschehnisse und Erlebnisse; für ihn soll Lyrik auch dokumentieren und einen Gebrauchswert haben. Als er 1924 ins pulsierende Berlin zieht, hat er mit seinen antibürgerlichen Theaterstücken „Baal“ oder „Trommeln in der Nacht“ bereits Erfolge gefeiert und Skandale ausgelöst – er ist einer der radikalsten Erneuerer der Theaterkunst. Den Klassenkampf bringt er auf die Bühne und fordert das Publikum auf, selbständig zu denken, nicht mitzufühlen, sondern kritisch zu hinterfragen. Er nennt es "Episches Theater".

1928 ist seine Inszenierung der „Dreigroschenoper“ ein Sensationserfolg und bedeutet für den dreißigjährigen Brecht seinen großen Durchbruch.

Im darauffolgenden Jahr heiratet er die Schauspielerin Helene Weigel; er ist bereits dreifacher Vater und trotz seiner parallelen Liebesaffären hält die Ehe bis zum Ende seines Lebens.

Brechts kommunistische Haltung manifestiert sich zum Ende der 1920er-Jahre. Er konfrontiert Ausbeutende mit deren Lebenswandel auf Kosten anderer, und er hält auch denen den Spiegel vor, die sich ausbeuten lassen. Der linke Dichter polarisiert und ist den Nationalsozialisten, gegen die er sich vehement positioniert, ein Dorn im Auge. Erst werden seine Theateraufführungen gestört, 1933 dann seine gesamten Werke verboten – der Störenfried wird kaltgestellt.

Nach der Flucht mit Helene Weigel und den Kindern bleibt er im dänischen Exil schriftstellerisch produktiv. Schweden, Finnland und die USA sind für die Familie weitere Fluchtorte während der NS-Diktatur und des Zweiten Weltkriegs. Viele seiner berühmten Werke entstehen in diesen Jahren der Bedrohung: die Dramen „Furcht und Elend des Dritten Reiches", „Leben des Galilei", „Mutter Courage und ihre Kinder" oder „Der aufhaltsame Aufstieg des Arturo Ui" und hunderte Gedichte, so auch die „Fragen eines lesenden Arbeiters".

Die Themen soziale Ungerechtigkeit und Ausbeutung beschäftigen ihn lebenslänglich, auch nach dem Krieg bleibt Brecht ein politischer Mensch. Als er 1948 nach Berlin zurückkehrt, zieht er in den Osten, den sowjetisch-besetzten Teil der Stadt. Er feiert Erfolge mit den Inszenierungen seiner Exil-Stücke, und 1954 erhält er mit seinem „Berliner Ensemble" ein eigenes Theater am Schiffbauerdamm, dessen Intendantin seine Frau Helene Weigel wird.

1956 stirbt Brecht unerwartet nach einem Herzinfarkt im Alter von 58 Jahren in seiner Berliner Wohnung. Für die Bestattung hatte er im Vorfeld eine Regie-Anweisung gegeben: Alle Beteiligten sollen schweigen.

Sein Werk umfasst über 2000 Gedichte, 48 Dramen, Romane und Erzählungen sowie eine eigene Theatertheorie. Bertolt der Große?

Jetzt heißen die Großen Steve, Mark, Elon und Jeff. Die Kluft zwischen Arm und Reich wächst. Empathische Führungskräfte jonglieren in flachen Hierarchien mit den Begriffen Wertschätzung, Achtsamkeit und Work-Life-Balance. Und die lesenden Arbeitenden verfolgen online die Geschichtsschreibung in Echtzeit – in ihren Paket- und Essenslieferautos, in den Textilfabriken, beim Aufrüsten an den Grenzen und auch beim Bau bedeutender Bauwerke, wie etwa den Stadien für die Fußball-WM 2022. Hochkultur der Gegenwart.

LESEN:

An die Nachgeborenen

Dreigroschenroman

Geschichten vom Herrn Keuner

Selma Merbaum

POEM

* 1924 in Czernowitz,
Großrumämien, heute: Ukraine
† 1942 im Zwangsarbeitslager
Michailowka, heute: Russland

Selma Merbaum

„Poem

Die Bäume sind von weichem Lichte übergossen,
im Winde zitternd glitzert jedes Blatt.
Der Himmel, seidig-blau und glatt,
ist wie ein Tropfen Tau vom Morgenwind vergossen.
Die Tannen sind in sanfte Röte eingeschlossen
und beugen sich vor seiner Majestät, dem Wind.
Hinter den Pappeln blickt der Mond aufs Kind,
das ihm den Gruß schon zugelächelt hat.

Im Winde sind die Büsche wunderbar:
bald sind sie Silber und bald leuchtend grün
und bald wie Mondschein auf lichtblondem Haar
und dann, als würden sie aufs neue blühn.

Ich möchte leben.
Schau, das Leben ist so bunt.
Es sind so viele schöne Bälle drin.
Und viele Lippen warten, lachen, glühn
und tuen ihre Freude kund.
Sieh nur die Straße, wie sie steigt:
so breit und hell, als warte sie auf mich.
Und ferne, irgendwo, da schluchzt und geigt
die Sehnsucht, die sich zieht durch mich und dich.
Der Wind rauscht rufend durch den Wald,
er sagt mir, daß das Leben singt.
Die Luft ist leise, zart und kalt,
die ferne Pappel winkt und winkt.

Ich möchte leben.
Ich möchte lachen und Lasten heben
und möchte kämpfen und lieben und hassen
und möchte den Himmel mit Händen fassen
und möchte frei sein und atmen und schrein.
Ich will nicht sterben. Nein!
Nein.
Das Leben ist rot,
Das Leben ist mein.
Mein und dein.
Mein.
Warum brüllen die Kanonen?
Warum stirbt das Leben
für glitzernde Kronen?

Dort ist der Mond.
Er ist da.
Nah.
Ganz nah.
Ich muß warten.
Worauf?
Hauf um Hauf
sterben sie.
Stehn nie auf.
Nie und nie.
Ich will leben.
Bruder, du auch.
Atemhauch
geht von meinem und deinem Mund.
Das Leben ist bunt.
Du willst mich töten.
Weshalb?
Aus tausend Flöten
weint Wald.

Selma Merbaum

„Poem

Der Mond ist lichtes Silber im Blau.
Die Pappeln sind grau.
Und Wind braust mich an.
Die Straße ist hell.
Dann…
Sie kommen dann
und würgen mich.
Mich und dich
tot.
Das Leben ist rot,
braust und lacht.
Über Nacht
bin ich
tot.

Ein Schatten von einem Baum
geistert über den Mond.
Man sieht ihn kaum.
Ein Baum.
Ein
Baum.
Ein Leben
kann Schatten werfen
über den Mond.

Ein
Leben.
Hauf um Hauf
sterben sie.
Stehn nie auf.
Nie
und
nie.

HÖREN:

„Ich möchte leben. / Ich möchte lachen und Lasten heben / und möchte kämpfen und lieben und hassen / und möchte den Himmel mit Händen fassen / und möchte frei sein und atmen und schrein. / Ich will nicht sterben. Nein! / Nein.“

Es sind Worte einer 17-Jährigen. Selma Merbaum schreibt ihr Gedicht „Poem“ im Sommer 1941, im Winter des darauffolgenden Jahres stirbt sie in einem deutschen Zwangsarbeitslager.

1924 wird Selma Merbaum in Czernowitz geboren, einer einstigen Habsburger Kulturmetropole in der Bukowina, heute eine ukrainische Stadt. Es ist auch die Heimat der Dichterin Rose Ausländer und die des Dichters Paul Celan, ihrem Großcousin. Wie ein großer Teil der Bevölkerung ist die Familie des Mädchens jüdischen Glaubens, ihre Muttersprache ist Deutsch. Der Vater stirbt, als Selma neun Monate alt ist. Von 1934 bis 1940 besucht sie ein jüdisches Mädchenlyzeum, sie interessiert sich für Literatur, liest Heinrich Heine, Rainer Maria Rilke und den indischen Nobelpreisträger Rabindranath Tagore.

Eigene Gedichte schreibt sie ab 1939, melancholische Natur- und Liebeslyrik. Sie sind ihrer ersten Liebe gewidmet, Leiser Fichmann, den sie in einer zionistischen Jugendgruppe kennenlernt. „Blütenlese“ wählt Selma Merbaum als Titel für ihr selbstgebundenes Album mit 57 handschriftlich verfassten Gedichten, ihr gesamtes lyrisches Werk.

Eine große Empfindsamkeit spricht aus den Versen, Sehnsucht nach dem Geliebten, Sehnsucht nach intensiver Lebendigkeit. Sie findet Worte für die weite und verlassene Landschaft Galiziens, sinnliche Naturbeschreibungen spiegeln ihr breites Gefühlsspektrum wider. Schwermütig, schmerzvoll, lebenslustig und lebenshungrig – eine sensible Sprache von großer poetischer Kraft.

Im Juli 1941 marschieren mit den Nationalsozialisten kollaborierende rumänische Truppen in Czernowitz ein, und die Vernichtung der jüdischen Bevölkerung beginnt. „Poem" schreibt Selma Merbaum drei Tage nach dem Einmarsch.

Sie beschreibt die Natur in ihrer zarten Schönheit. „Der Himmel, seidig-blau und glatt, / ist wie ein Tropfen Tau vom Morgenwind vergossen." Das lyrische Ich, inmitten dieser Lebendigkeit, wendet sich in der dritten Strophe an ein Du. „Ich möchte leben. / Schau, das Leben ist so bunt." Das lyrische Ich weiß um die Farben in der Welt, die vielfältigen Wege, „so breit und hell", die das Leben bereithält. Bereithielte, denn „ferne, irgendwo, da schluchzt und geigt / die Sehnsucht, die sich zieht durch mich und dich."

Auch die vierte Strophe beginnt mit dem Vers: „Ich möchte leben." Die Dichterin konkretisiert den Wunsch nach intensivem Empfinden und Erleben, benennt, was das lyrische Ich „möchte" – das Leben spüren in Freiheit mit seinen vielen Facetten. „Ich möchte lachen und Lasten heben / und möchte kämpfen und lieben und hassen / und möchte den Himmel mit Händen fassen / und möchte frei sein und atmen und schrein."

Todesangst folgt dieser Sehnsucht. „Ich will nicht sterben. Nein!" Und verzweifelte Fragen nach dem Warum. „Warum brüllen die Kanonen?" Das Wissen um die tödliche Bedrohung durchdringt die sechste Strophe. „Hauf um Hauf / sterben sie." Je größer die Gefahr von außen, umso dringlicher wird die existentielle Sehnsucht. „Ich will leben."

Doch das lyrische Ich sieht sich und das „Du" der Bedrohung in der natürlichen Umgebung schutzlos ausgeliefert. „Sie kommen dann / und würgen mich. / Mich und dich / tot."

In der letzten Strophe wählt die Dichterin erneut „Mond" und „Baum" als metaphorische Naturbilder. Waren es zum Anfang des Gedichts noch „Bäume (...) vom weichen Lichte übergossen", schreibt sie zum Ende: „Ein Schatten von einem Baum / geistert über den Mond. / Man sieht ihn kaum." Todesahnung – die Hoffnung schwindet, und auch die Verse werden schmaler. Bis alle verstummen. „Ein Leben. / Hauf um Hauf / sterben sie. / Stehn nie auf. / Nie / und /nie."

Im Herbst 1941, wenige Monate nach dem Einmarsch der Truppen, wird in Czernowitz unter deutscher und rumänischer Besetzung ein Ghetto mit über 50.000 jüdischen Menschen eingerichtet. Die meisten von ihnen werden nach Transnistrien deportiert und ermordet. Selma Merbaum, ihre Mutter und der Stiefvater leben noch bis zum Sommer 1942 in ihrer Heimatstadt und werden dann in Viehwaggons in das deutsche Zwangsarbeitslager Michailowka abtransportiert.

Sie schreibt dort ihren letzten Brief an eine Freundin. „Ich halte nicht mehr durch, jetzt breche ich zusammen ... Küsse, sei stark, Selma."

Im Dezember 1942 stirbt Selma Merbaum im Zwangsarbeitslager Michailowka im Alter von 18 Jahren an Typhus. Kurze Zeit später sterben auch ihre Eltern. Leiser Fichmann ertrinkt 1944 auf seiner Flucht nach Palästina im Schwarzen Meer, als sein Flüchtlingsschiff torpediert wird.

„Ich möchte leben."

Das Album „Blütenlese" mit Selma Merbaums 57 Gedichten wird gerettet. Kurz vor ihrer Deportation lässt sie es ihrer Freundin zukommen, die es an Leiser Fichmann weiterreicht. Der kann es der Freundin rechtzeitig vor seiner Flucht zurückgeben, und eine weitere Freundin der Lyrikerin nimmt es 1948 auf ihrer Reise quer durch Europa in ihrem Rucksack mit nach Israel, wo es heute in der Internationalen Holocaust Gedenkstätte Yad Vashem aufbewahrt wird.

Unter Selma Merbaums letztem Gedicht „Tragik" stehen mit rotem Stift die Worte: „Ich habe keine Zeit gehabt, zu Ende zu schreiben."

Ihr „Poem" wird erstmals 1968 in einer Anthologie mit dem Titel „Welch Wort in die Kälte gerufen" in Ost-Berlin veröffentlicht.

„Ich will nicht sterben. Nein. / Nein!"

LESEN:

Frühling

Sehnsuchtslied

Tragik

Nelly Sachs

CHOR DER GERETTETEN

* 1891 in Berlin
† 1970 in Stockholm

Chor der Geretteten

Wir Geretteten,
Aus deren hohlem Gebein der Tod schon seine Flöten schnitt,
An deren Sehnen der Tod schon seinen Bogen strich –
Unsere Leiber klagen noch nach
Mit ihrer verstümmelten Musik.
Wir Geretteten,
Immer noch hängen die Schlingen für unsere Hälse gedreht
Vor uns in der blauen Luft –
Immer noch füllen sich die Stundenuhren mit unserem tropfenden Blut.
Wir Geretteten,
Immer noch essen an uns die Würmer der Angst.
Unser Gestirn ist vergraben im Staub.
Wir Geretteten
Bitten euch:
Zeigt uns langsam eure Sonne.
Führt uns von Stern zu Stern im Schritt.
Lasst uns das Leben leise wieder lernen.
Es könnte sonst eines Vogels Lied,
Das Füllen des Eimers am Brunnen
Unseren schlecht versiegelten Schmerz aufbrechen lassen
Und uns wegschäumen –
Wir bitten euch:

Zeigt uns noch nicht einen beißenden Hund –
Es könnte sein, es könnte sein,
Dass wir zu Staub zerfallen –
Vor euren Augen zerfallen in Staub.
Was hält denn unsere Webe zusammen?
Wir odemlos Gewordene,
Deren Seele zu Ihm floh aus der Mitternacht
Lange bevor man unseren Leib rettete
In die Arche des Augenblicks.

Wir Geretteten,
Wir drücken eure Hand,
Wir erkennen euer Auge –
Aber zusammen hält uns nur noch der Abschied,
Der Abschied im Staub
Hält uns mit euch zusammen.

HÖREN:

„Ich lebe und lebte nur in einem einzigen Element: dem des Schmerzes!“ Nelly Sachs’ Erwachsenenleben ist geprägt von den Gräueltaten der Nationalsozialisten, von Todesangst, Sehnsucht, Einsamkeit; von Krankheit, Bedrohung, Verfolgung. Es sind Begriffe, hinter denen sich ihr Lebensgefühl verbirgt, das mit Worten kaum greifbar ist: seelischer Schmerz, abgrundtief. Der Schmerz ist das Leitmotiv in ihrem lyrischen Werk. Er spricht auch aus dem Gedicht „Chor der Geretteten“, das die gebürtige Berlinerin an ihrem Fluchtort Stockholm im Jahr 1946 schreibt. Nelly Sachs konnte gerettet werden. Sechs Millionen Jüdinnen und Juden nicht, die Nationalsozialisten haben sie ermordet.

„Wir Geretteten“ – in der ersten Strophe stellt sich der „Chor“ vor, das lyrische Wir. Es handelt sich um die dem „Tod“ in letzter Sekunde Entkommenen, die sich aus ihrer lebensbedrohlichen Lage nicht mehr selbst befreien konnten, aber durch Hilfe von außen gerettet wurden. Fast hatte der personifizierte „Tod“ bereits von ihnen Besitz ergriffen, ihre entkräfteten Körper zu seinen wehrlosen Instrumenten gemacht. Diese gebrechlichen „Leiber klagen noch nach / Mit ihrer verstümmelten Musik.“ Sie sind zwar gerettet, aber seelisch und physisch versehrt. Die bisherige Lebensmelodie ist beschädigt, und das Grauen bleibt in den Gedanken der Geretteten gegenwärtig. „Immer noch hängen die Schlingen für unsere Hälse gedreht / Vor uns in der blauen Luft“. Nelly Sachs beschreibt mit „Würmer“ und das „Gestirn (...) vergraben im Staub“ Bilder der fortwährenden „Angst“ und Todesnähe, eine positiv lebendige Zukunft scheint außer Sicht.

Der „Chor der Geretteten“ wendet sich dann in direkter Ansprache mit einer Bitte an ein Gegenüber, ebenfalls eine Gruppe: „euch“. Die, die nicht gerettet werden mussten, aber vielleicht Rettende waren? Es ist die Bitte um Hilfe, um Verständnis und um Geduld auf diesem schweren Weg zurück in ein Leben, das unter einem neuen, noch fremden „Stern“ steht. „Zeigt uns langsam eure Sonne.“ Und das ruhig und behutsam. „Lasst uns das Leben leise wieder lernen.“ Die seelischen Wunden sind so tief und unverheilt, schon „eines Vogels Lied“ könnte den „schlecht versiegelten Schmerz aufbrechen lassen“.

Das lyrische Wir bittet mahnend weiter, Bedrohungen wie „einen beißenden Hund“ fernzuhalten. Die Folgen wären möglicherweise dramatisch, es drohe gar ein „[Z]erfallen in Staub“. Eine weitere Todessymbolik, als Ausdruck für die physische und psychische Porosität im Leben derer, die überlebt haben. Ihre Existenz ist zart, fragil – Zerbrechen droht. „Was hält denn unsere Webe zusammen?“

Als „odemlos“, ohne Lebenshauch, beschreibt die Dichterin den Zustand der Geretteten, „[d]eren Seele zu Ihm floh“, die bei Gott Schutz suchten in der Zeit unmittelbarer Todesgefahr, und deren Geist dort möglicherweise Geborgenheit fand.

Die noch atmenden Körper wurden später von Menschen gerettet aus der sintflutartigen Katastrophe, aber nur in die Sicherheit einer „Arche des Augenblicks“. Leben von Moment zu Moment. Erschütterte Individuen in einer erschütterten Gesellschaft.

„Wir Geretteten“ – ein viertes Mal steht dieser Vers auch zum

Ende des Gedichts. „Wir drücken Eure Hand“. Ein Ausdruck der Dankbarkeit, und doch liegen Welten zwischen dem „Wir“ und „Ihr", so groß ist die Diskrepanz der Lebenserfahrungen und Empfindungen. Lediglich „[d]er Abschied im Staub / Hält uns mit euch zusammen.“ Das Sterben als verbindendes Schicksal – im gemeinsamen Wissen als Rettende oder Gerettete um das historische Grauen und über eine Gemeinsamkeit in der Zukunft: Eines Tages macht der Tod alle wieder gleich.

Leonie Sachs wird 1891 in Berlin geboren. Sie wächst in einer assimilierten jüdischen Kaufmannsfamilie auf und lebt mit ihren Eltern in einer Stadtvilla am Tiergarten. Sie wünscht sich, Tänzerin zu werden, begeistert sich für Lyrik und für die Literatur der Schwedin Selma Lagerlöf. Im Alter von 17 Jahren verdunkelt sich die emotionale Welt des Mädchens Nelly, als sie sich bei einem Kuraufenthalt in einen Mann verliebt und diese Liebe nicht gelebt werden kann. Zeitlebens wird sie den Namen ihres „toten Bräutigams“ und die näheren Umstände dieser für sie mit tiefgreifendem Schmerz verbundenen Begegnung nicht preisgeben.

Ihre seelischen und körperlichen Reaktionen führen zu einem Aufenthalt im Sanatorium, wo ein Psychiater ihr den Impuls gibt, zu schreiben. Ihren ersten Gedichtband „Legenden und Erzählungen“ schickt sie an Selma Lagerlöf und bekommt eine lobende Antwort von der Literatur-Nobelpreisträgerin – der Beginn einer langjährigen Brieffreundschaft.

Als der Vater von Nelly Sachs 1930 nach jahrelanger Krebserkrankung stirbt, erlebt sie seinen Tod als einschneidende Erfahrung, als schmerzhaften Verlust.

Nach der Machtergreifung definieren die Nationalsozialisten die Identität der assimiliert lebenden jüdischen Familien in Deutschland nach ihren antisemitischen Gesetzen, das betrifft auch Mutter und Tochter Sachs. Ihre Häuser werden enteignet, und für die beiden beginnt ein jahrelanger Alltag in Angst und Armut. Die meisten ihrer nahen Verwandten sterben in Konzentrationslagern, und als auch Nelly Sachs 1939 den Einweisungsbescheid in ein Arbeitslager erhält, muss sie in dieser existentiellen Bedrohungslage warten: auf ihre Deportation oder eine lebensrettende Ausreiseerlaubnis.

Nelly Sachs ist auf Hilfe angewiesen, und die kommt gerade noch rechtzeitig: Ihre Freundin Gudrun Harlan reist nach Schweden und kann Selma Lagerlöf als Unterstützerin für ein Einreisevisum gewinnen, das vom schwedischen Königshaus am Ende eines monatelangen bürokratischen Prozesses bewilligt wird. 1940 fliegen Nelly Sachs und ihre Mutter mit einer der letzten Passagiermaschinen von Berlin nach Stockholm.

Zwei Gerettete.

In der schwedischen Hauptstadt wohnen sie in einer Eineinhalb-Zimmer-Wohnung. Nelly Sachs' Lebensmittelpunkt ist die Küche, ihre „Kajüte“, die sechs Quadratmeter misst – hier isst, schreibt und schläft die Anfang 50-Jährige. Sie lernt Schwedisch und arbeitet als Übersetzerin. Tagsüber pflegt sie ihre schwerkranke Mutter, und nachts schreibt sie an dem winzigen Küchentisch.

Mit ihren Gedichten gibt sie dem Grauen des Holocaust Worte. Sie findet die Kraft, ihren individuellen Schmerz nicht zu verdrängen, und versucht, ihn lyrisch auszudrücken; sie verbindet ihn mit dem kollektiven Schmerz der Jüdinnen und Juden. Ihre Stimme verstummt nicht, den tödlichen Bedrohungen stellt die Dichterin ihre Sprache gegenüber. Es ist ihr Weg, das unfassbare und unsagbare Grauen zu benennen, ihm mit ihrer Dichtung eine Form zu geben – der Widerstand einer Geretteten. In Gedanken und mit Worten durchdringt sie den Schmerz und holt ihn an die Oberfläche, um nicht in ihm unterzugehen. „Lasst uns das Leben leise wieder lernen.“

1947 erscheint ihr erster Lyrikband nach dem Zweiten Weltkrieg: „In den Wohnungen des Todes“, darin auch die Gedichte „Chor der Geretteten“ und „Gebete für den toten Bräutigam". Viele weitere folgen. Ihr literarisches Schaffen aus der Zeit vor der Schoah, vor ihrer Flucht nach Schweden, zählt sie später nicht mehr zu ihrem Werk. Es sind Worte in einer Sprache aus einem anderen Leben.

Bis zu ihrem Krebstod im Jahr 1970 bleibt die kleine Stockholmer Wohnung das Zuhause von Nelly Sachs. Und auch der Schmerz bleibt. Zehn Jahre vor ihrem Tod reist sie erstmals wieder nach Deutschland, als ihr der Droste-Preis verliehen wird. Ein Nervenzusammenbruch, Verfolgungswahn, ein Psychiatrieaufenthalt und Behandlungen mit Elektroschocks sind die Folgen. Sie schreibt weiter und kämpft sich auch aus diesem Leid.

Als erste Frau erhält sie 1965 den Friedenspreis des Deutschen Buchhandels, und ein Jahr später wird ihr als erster deutschsprachigen Dichterin der Nobelpreis für Literatur verliehen.

Nelly Sachs stirbt 1970 im Alter von 78 Jahren. „Der Abschied im Staub / Hält uns mit euch zusammen.“ Der Schmerz spricht in ihren Gedichten weiter. Gegen das Vergessen.

LESEN:

Dein Leib im Rauch durch die Luft

Leben unter Bedrohung

Briefwechsel mit Paul Celan

Ingeborg Bachmann

ALLE TAGE

* 1926 in Klagenfurt
† 1973 in Rom

Ingeborg Bachmann

„Alle Tage

Der Krieg wird nicht mehr erklärt,
sondern fortgesetzt. Das Unerhörte
ist alltäglich geworden. Der Held
bleibt den Kämpfen fern. Der Schwache
ist in die Feuerzonen gerückt.
Die Uniform des Tages ist die Geduld,
die Auszeichnung der armselige Stern
der Hoffnung über dem Herzen.

Er wird verliehen,
wenn nichts mehr geschieht,
wenn das Trommelfeuer verstummt,
wenn der Feind unsichtbar geworden ist
und der Schatten ewiger Rüstung
den Himmel bedeckt.

Er wird verliehen
für die Flucht von den Fahnen,
für die Tapferkeit vor dem Freund,
für den Verrat unwürdiger Geheimnisse
und die Nichtachtung
jeglichen Befehls.

HÖREN:

Während des Kalten Krieges schürt der militärisch geführte Koreakrieg zwischen 1950 und 1953 die Sorgen vor dem Ausbruch eines Dritten Weltkrieges. Das kommunistische Nordkorea kämpft mit Unterstützung der Sowjetunion und Chinas gegen den kapitalistischen Süden des ostasiatischen Landes, der von Truppen der Vereinten Nationen unter Führung der USA unterstützt wird. Im geteilten Deutschland begünstigt der kriegerische Konflikt in Korea durch eine große Nachfrage deutscher Exportgüter das sogenannte Wirtschaftswunder in der Bundesrepublik, und er löst kontroverse Diskussionen um eine Wiederaufrüstung im Land aus.

Das Gedicht „Alle Tage“ von Ingeborg Bachmann wird 1952 in einer Radiosendung im Nordwestdeutschen Rundfunk erstmals veröffentlicht. Das Ende des Zweiten Weltkrieges liegt sieben Jahre zurück. Doch Frieden ist dort, wo zwischen Ost und West „[a]lle Tage“ ein Kalter Krieg geführt wird, nur bedingt eingekehrt.

Ingeborg Bachmann entlarvt bisher bekannte Gegensätze von Krieg und Frieden als überholt, der Krieg ist auch nach seinem offiziellen Ende – in veränderter Gestalt – gegenwärtig. Den Frieden enthüllt die österreichische Dichterin als zerstörte Illusion, und sie kehrt kriegerische Gedankenmuster in ihr Gegenteil um. Eine Umkehrung des bisher im Krieg vorherrschenden Wertesystems. Es ist ein pazifistisches Gedicht, in dem der Krieg auch als Metapher für die Sinnlosigkeit der Existenz gelesen werden kann.

„Der Krieg wird nicht mehr erklärt, / sondern fortgesetzt.“ Auch ohne offizielle Kampfansage ist er in seiner großen Dimension „alltäglich geworden“. Die Dichterin provoziert in der ersten Strophe durch Zeilensprünge Zäsuren im Lesefluss. Sie trennt die Subjekte von den weiteren Wörtern der inhaltlich unerwartet endenden Sätze. „Der Held / bleibt den Kämpfen fern.“ Heldenhaft agiert also nicht, wer in die Schlacht zieht, sondern wer die pazifistische Haltung lebt, nicht zu kämpfen.

„Der Schwache / ist in die Feuerzonen gerückt.“ Die Zivilbevölkerung tritt in den Mittelpunkt des Leids, das atomare Schlachtfeld kann überall sein, unbeteiligte Menschen sind unfreiwillig in den Krieg involviert und werden zu Opfern. Alle tragen eine „Uniform“, die der „Geduld“. Sie müssen ertragen und abwarten. Und hoffen. Manche bekommen dafür vielleicht eine „Auszeichnung“ verliehen, doch die ist nur „der armselige Stern / der Hoffnung über dem Herzen.“ Viel ist das nicht, aber alles, was Menschen in Angst noch bleibt.

In der zweiten Strophe zählt die Dichterin auf, wann eine Verleihung vom „Stern der Hoffnung“ möglich ist. „[W]enn“ – zumindest äußerlich – Stille einkehrt „und der Schatten ewiger Rüstung / den Himmel bedeckt.“ Die militärischen Waffen stehen in Europa nach dem Zweiten Weltkrieg zwar still, es gibt dort Anfang der 1950er-Jahre kein „Trommelfeuer“ und keinen sichtbaren „Feind“ mehr, aber der Krieg, wenn er auch ein kalter ist, bleibt spürbar. Und das Wettrüsten zwischen Ost und West mit atomaren Waffen ist ein beängstigend bedrohlicher „Schatten“. So bleibt nur „der armselige Stern / der Hoffnung“ – banges Hoffen, dass „nicht[] mehr geschieht". Wem es trotz allem gelingt, etwas Hoffnung aufrechtzuerhalten, der verdient einen Orden.

Die dritte Strophe ist ähnlich aufgebaut. Die Dichterin wandelt kriegerisches Vokabular ab und kehrt dabei die bisherigen Bedeutungen in ihr Gegenteil. Die Verbrechen der Fahnenflucht und des Geheimnisverrats werden positiv konnotiert und zu Gründen für die Verleihung der „Auszeichnung". Ingeborg Bachmann macht sie zu Tugenden, ein Plädoyer für mündige Entscheidungen, „für die Tapferkeit vor dem Freund" statt vor dem Feind. Das Gedicht endet wie ein Appell für „die Nichtachtung / jeglichen Befehls".

Ingeborg Bachmann ist 26 Jahre alt, als das Gedicht 1952 im Hörfunk veröffentlicht wird. Im darauffolgenden Jahr erscheint es gedruckt in ihrem ersten Gedichtband „Die gestundete Zeit", der ihr großen Ruhm und den Durchbruch als Schriftstellerin beschert. In den 1950er-Jahren wird sie als Stimme der Nachkriegsliteratur gefeiert.

Sie lebt in Wien, Neapel, München, Zürich, Berlin und Rom – schreibt Essays, Erzählungen, Gedichte, Hörspiele, Opernlibretti und Romane. Die großen Themen in ihrem literarischen Werk sind Angst, Tod, die Schuld und Verbrechen des Nationalsozialismus, bedingungslose Liebe, das nur scheinbare Verständnis zwischen Frau und Mann und patriarchale Strukturen.

Geboren wird Ingeborg Bachmann 1926 in Klagenfurt am Wörthersee, der Hauptstadt des österreichischen Bundeslands Kärnten. Ihr Vater ist Lehrer und ab 1932 Mitglied der NSDAP. Dass der Krieg ein gewichtiges Thema in ihrem literarischen Werk wird, steht auch im Zusammenhang mit einer Erfahrung, die sie als Mädchen im Alter von zwölf Jahren macht.

„Es hat einen bestimmten Moment gegeben, der hat meine Kindheit zertrümmert. Der Einmarsch von Hitlers Truppen in Österreich ... Es war etwas so Entsetzliches, dass mit diesem Tag meine Erinnerung anfängt: durch einen zu frühen Schmerz, wie ich ihn in dieser Stärke vielleicht später überhaupt nie mehr hatte. Natürlich habe ich das alles nicht verstanden in dem Sinn, in dem es ein Erwachsener verstehen würde. Aber diese ungeheure Brutalität, die spürbar war, dieses Brüllen, Singen und Marschieren – das Aufkommen meiner ersten Todesangst."

Nach dem Krieg studiert sie Philosophie und wird in Wien Teil des schriftstellerischen Künstlerkreises um Hans Weigel, Thomas Bernhard, Ernst Jandl und Ilse Aichinger. Sie veröffentlicht erste Texte, arbeitet als Hörfunkredakteurin, und sie promoviert.

Während ihrer Studienjahre lernt die 22-Jährige 1948 in Wien den jüdischen Dichter Paul Celan kennen, der einer Ermordung durch die Nationalsozialisten nur knapp entkommen konnte. Diese Begegnung entwickelt sich zu einer großen, verzweifelten Liebe.

Auch ihre Beziehung zehn Jahre später mit Max Frisch löst verzweifelte Gefühle in ihr aus. Auf die Trennung Anfang der 1960er-Jahre folgen Klinikaufenthalte – Ingeborg Bachmann leidet unter Depressionen und ist abhängig von Alkohol und Tabletten. 1965 verlagert sie nach zwei Berliner Jahren ihren Wohnort erneut nach Rom und lebt dort zurückgezogen.

Ingeborg Bachmann ist eine Zweifelnde, ihr Auftreten meist ernst, manchmal kokett. Sie sucht die Wahrheit, hinterfragt die Sprache, zweifelt am Menschen. Ihr Leben lang schreibt sie gegen das Vergessen des Holocaust und gegen den Krieg an. Sie sucht nach Worten, auch für ihre Schuldgefühle als Tochter eines Mitglieds der NSDAP. „Mit meiner verbrannten Hand schreibe ich über die Natur des Feuers."

Das Feuer ist ein häufiges Symbol in ihrem Werk, und ein Feuer beendet auch ihr Leben. 1973 fällt Ingeborg Bachmann im Bett eine brennende Zigarette aus der Hand, im Alter von 47 Jahren stirbt sie in einem Krankenhaus in Rom an ihren Brandverletzungen.

70 Jahre nachdem „Alle Tage" veröffentlicht wird, greift Russland die Ukraine an. Am 24. Februar 2022 überschreiten russische Truppen auf Befehl von Präsident Wladimir Putin die Grenze zur Ukraine. Mit Panzern und Militärflugzeugen. Es ist Krieg in Europa. Auf unbestimmte Zeit.

LESEN:

Die gestundete Zeit

Erklär mir, Liebe

Malina

Gottfried Benn

NUR ZWEI DINGE

* 1886 in Mansfeld, Brandenburg
† 1956 in Berlin

Gottfried Benn

„Nur zwei Dinge

Durch so viel Formen geschritten,
durch Ich und Wir und Du,
doch alles blieb erlitten
durch die ewige Frage: wozu?

Das ist eine Kinderfrage.
Dir wurde erst spät bewusst,
es gibt nur eines: ertrage
– ob Sinn, ob Sucht, ob Sage –
dein fernbestimmtes: Du musst.

Ob Rosen, ob Schnee, ob Meere,
was alles erblühte, verblich,
es gibt nur zwei Dinge: die Leere
und das gezeichnete Ich.

HÖREN:

Aster, Amaryllis, Levkoje, Forsythie, Hibiskus. Blumen sind bei Gottfried Benn ein wiederkehrendes Motiv. Sie knospen, blühen und verwelken, stehen im Garten, stecken in der Vase oder im Leichnam eines Menschen. Die liebste Blume ist ihm die Rose, als Metapher für Schönheit, Liebe und Vergänglichkeit, in breitgefächerten Gefühlsschattierungen. In „Nur zwei Dinge“ steht sie als Vanitas-Motiv: „was alles erblühte, verblich“. Gottfried Benn schreibt das Gedicht 1953, im Alter von 67 Jahren. Es lässt sich als Resümee eines Lebens lesen, in dem die „ewige Frage: wozu?“ nihilistisch beantwortet wird. Für die menschliche Existenz bleibt nur eine Art des Umgangs: „ertrage (…) Du musst“.

Dr. Gottfried Benn, der Berliner Arzt für Haut- und Geschlechtskrankheiten und Pathologe, gilt in den 1950er-Jahren vielen als der bedeutendste lebende Dichter in Deutschland. Zugleich wird er wegen seiner anfänglichen Begeisterung für den Nationalsozialismus scharf kritisiert.

Seine Lyrik verfasst er in dunkel-melancholischem Ton, er stellt schwere existenzielle Fragen, gereimt und in eingängigem Rhythmus. Das lyrische Ich in „Nur zwei Dinge" empfindet das Leben als sinnlos und sieht sich einem „fernbestimmte[n]" Schicksal ausgeliefert.

Die Sinnfrage war dem lyrischen Ich fortwährend präsent, in allen Lebensphasen, von denen „so viel[e]" bereits vergangen sind. Dadurch hat es das Erlebte vor allem „erlitten". In Zeiten des Einzelnseins, in Gemeinschaft oder mit einem Gegenüber – im „Ich und Wir und Du" – scheint diese „Kinderfrage" das Gefühl von Machtlosigkeit ausgelöst zu haben.

Der Dichter formuliert die „spät[e]" Erkenntnis, die aus dem sinnlosen Durchschreiten verschiedener Lebensstufen resultiert. Es bleibt nichts anderes übrig, „ob Sinn, ob Sucht, ob Sage", als den Lauf der Welt stoisch zu „ertrage[n]".

Alles ist vergänglich, schöne „Rosen" welken, „Schnee"

schmilzt, alles fließt. So bleiben „nur zwei Dinge: / die Leere und das gezeichnete Ich." Als Fazit stehen sie am Ende des Gedichts: Sinnlosigkeit und ein Individuum, das im mehrdeutigen Sinn des Wortes vom Leben „gezeichnet[]" wurde.

Das Empfinden von Fremdsein in der Welt und Selbstentfremdung sind menschliche Grunderfahrungen. Gottfried Benn trifft einen Nerv der Zeit. Die schicksalsschwere Atmosphäre seiner Verse spiegelt eine Melancholie der Menschen während der Nachkriegszeit in der Bundesrepublik wider. Vor allem derer, die Schwermut empfinden ob der Vergangenheit, aber sich nicht mit ihr auseinandersetzen wollen, können. Wollen.

Das Bedürfnis, die Geschehnisse im Nationalsozialismus und während des Krieges hinter sich zu lassen und Distanz zum eigenen Erleben und Handeln aufzubauen, ist groß. Dem Dichter geht es in seinen letzten Lebensjahren womöglich ähnlich. 1933 ließ er sich zunächst von den Nationalsozialisten blenden, wegen seiner Dichtung wurde er aber bald von ihnen abgelehnt, und seine Werke wurden verboten.

Geboren wird Gottfried Benn 1886 als Sohn eines Pfarrers und einer musisch begabten Mutter in einem Dorf in Brandenburg; das Abitur macht er 1903 in Frankfurt an der Oder. Seinen ersten Gedichtezyklus veröffentlicht er im Alter von 26 Jahren als Medizin-Doktorand. „Morgue" – französisch für Leichenschauhaus – heißt sein Debüt, mit dem er 1912 einen Skandal auslöst. Er verarbeitet darin Erfahrungen beim Sezieren von Leichen während seines Anatomiestudiums. In „Kleine Aster" und anderen Gedichten verwendet er medizinische Terminologie, schreibt über Krankheiten und menschliches Ableben in sprachlicher Schärfe wie mit einem Seziermesser. Er durchbricht damit bisherige Muster lyrischer Sprachstile. Expressionismus, eine neue und aufsehenerregende Art von Lyrik.

Im selben Jahr lernt Gottfried Benn in Berlin die zwanzig Jahre ältere Dichterin Else Lasker-Schüler kennen, ihre Liebesaffäre leben die beiden öffentlich als lyrischen Dialog. Er lebt viele Lieben. Dreimal heiratet er im Laufe seines Lebens, wird Vater einer Tochter, zwei seiner Ehefrauen sterben. Mehr als das Familienleben interessieren ihn die praktische Arbeit als Arzt und vor allem seine Dichtung. Er entwickelt seinen eigenen, unverwechselbaren Sprachstil. Sachlich und lakonisch, rhythmisch, pointiert und in seinen späten Gedichten mit Alltagsslang und unpathetischem Parlando.

Bereits vor dem Zweiten Weltkrieg geht er auf eigenen Wunsch als Arzt zur Armee nach Hannover – er nennt seinen Entschluss die

„aristokratische Form der Emigration“. Sein Blick auf die Menschen und die Geschichte verdüstert sich mit der Erfahrung des Nationalsozialismus und wird verachtender. Das Motiv der Einsamkeit zieht sich mal pathetisch, mal lakonisch durch sein gesamtes schriftstellerisches Werk.

1945 kehrt er nach Berlin zurück. Drei Jahre später erscheint sein Gedichtband „Statische Gedichte“, und Gottfried Benn, inzwischen Anfang sechzig, wird von der literarischen Anerkennung und dem Ruhm, den er daraufhin erfährt, überrascht. Er schreibt von „Rosen“ und „Rausch“, findet Sprachbilder für philosophisch Verhangenes und eingängig Schlagerhaftes. Viele seiner Gedichte entstehen nach Ende der Sprechstunde seiner Praxis in Berliner Kneipen, er notiert sie dort auf Rezeptblöcken – Arzt und Schriftsteller.

Im Jahr 1953, als der Gedichtband „Destillationen“ mit „Nur zwei Dinge“ erscheint, schließt er seine Praxis. Drei Jahre später stirbt Gottfried Benn im Alter von 70 Jahren an Knochenkrebs und wird auf dem Berliner Waldfriedhof begraben.

Vielen bleibt er rätselhaft, umstritten. In einem Brief an seinen Freund F. W. Oelze schreibt er 1955 über sich: „Ich bin mir der fremdeste u. unbegreiflichste Mann, den ich kenne.“

LESEN:

Kleine Aster

Einsamer nie –

Briefe an F. W. Oelze

Friederike Mayröcker

TRINKEN

* 1924 in Wien
† 2021 in Wien

Friederike Mayröcker

Trinken

Trinken kann ich dich nicht
und möchte dich doch austrinken mit meinem Mund
weil mich so dürstet nach dir

Suchen kann ich dich nicht
und möchte doch fliegen über die ganze Erde
dasz ich bei dir bin

Betten kann ich dich nicht
und möchte doch schlafen in Schnee und Wind
dasz mein Lager frei sei für dich

Träumen kann ich dich nicht
und möchte doch träumen am hellen Tag
dasz ich dich wieder sehe

HÖREN:

„Das Bleibende sehen im Vergänglichen; die Anatomie der Dinge und aller Lebewesen erkennen und in Sprache verwandeln; (…) das oberste Ziel nie aus den Augen verlieren: einer poetischen Wahrheit gerecht zu werden; gleichzeitig mit größter Maßlosigkeit und größtem Maßhalten arbeiten, und dies möglichst ohne Unterbrechung und unverzagt, um in den Sog jenes Rhythmus zu kommen, der einem wunderbarerweise das Schreiben zum Leben macht und das Leben zum Schreiben."

Für Friederike Mayröcker sind Leben und Schreiben bedingungslos miteinander verbunden. Nachts notiert sie Wörter und Sätze aus ihren Träumen. Den Tag beginnt sie am frühen Morgen, sie gleitet beim Aufwachen über in das Schreiben von Gedichten und Prosa, bevor sie sich mit irgendetwas anderem beschäftigt. Die Sprache ist das Mittel, mit dem sie sich die Welt erschließt. Ihre Hingabe gilt der Kunst, allen voran der Sprachkunst. Sie exzerpiert Textstellen, wenn sie liest, und sie notiert ihre Gedanken zu Musik und Malerei. Oft finden diese Wahrnehmungen auf schnellem Weg Einzug in ihr schriftstellerisches Werk.

Friederike Mayröcker wird 1924 in Wien geboren, ihre Mutter ist Modistin, der Vater Lehrer. Sie verbringt die Sommer ihrer Kindheit im niederösterreichischen Weinviertel, wo die Familie ein Haus mit Garten besitzt. Eine Zeit voll positiver und prägender Natureindrücke, die eine Inspirationsquelle für ihre Lyrik werden. Im Alter von 15 Jahren verfasst sie ihre ersten Texte. Seit der Kindheit empfindet sie auch Melancholie; die begleitet sie ein Leben lang und wird ihre notwendige Stimmungslage beim Schreiben.

Die Sehnsucht ist ein zentrales Thema in ihrem Werk, ebenso Einsamkeit, menschliche Nöte, die Kindheit, das Altern.

Und die Liebe. Friederike Mayröcker ist Ende zwanzig, als sie 1954 den Dichter Ernst Jandl kennenlernt. Sie ist verheiratet, Englischlehrerin an einer Hauptschule in Wien, und ihre Leidenschaft gilt dem Schreiben. Er ist verheiratet, Englischlehrer an einem Gymnasium in Wien, und seine Leidenschaft gilt dem Schreiben.

Beide Ehen werden geschieden, und Friederike Mayröcker und Ernst Jandl leben eine große, symbiotische Beziehung als Künstlerpaar. Sie teilen ihre Liebe füreinander und für die Sprache; entwickeln beide ihren eigenen Stil und sind im permanenten Austausch über ihre Arbeiten. Sie schreiben auch gemeinsam, veröffentlichen Hörspiele, aber jeder behält seine eigene Wohnung. Friederike Mayröcker braucht die Zurückgezogenheit in ihrer Zettelhöhle zum Schreiben. Zwischen Bücherstapeln, Wäschekörben und Kartons voll Notizblättern, Textentwürfen und Zetteln an den Wänden verfasst sie ihre Gedichte, experimentelle Prosa, Bühnentexte, Hörspiele und Proeme – eine Mischung aus Prosa und Lyrik. Wie in einem Tagebuch notiert sie zu den meisten ihrer Werke auch das Entstehungsdatum.

„Trinken“ schreibt sie am 25. September 1962 – ein Gedicht voller Sehnsucht und Begehren, in dem die Liebesfantasien größer sind als ihre Realisierbarkeit und ihre Undurchführbarkeit erfahren. Die Gefühlsebene trifft auf die Bewusstseinsebene. In der Synthese dieser beiden Ebenen entsteht ein neues Bewusstsein über die Liebe, eine Erkenntnis.

Das lyrische Ich formuliert einem Du die eigenen Fantasien, alles, was es „möchte". Vorangestellt ist den Bedürfnissen die rationale Einsicht, dass diese die Möglichkeiten übersteigen – „kann ich (…) nicht. Der Wunsch nach Nähe, nach Verinnerlichung ist intensiv, „möchte dich doch austrinken mit meinem Mund / weil mich so dürstet nach dir". Das lyrische Ich benennt, wie weit die Bereitschaft zur Hingabe geht, „möchte doch fliegen über die ganze Erde / dasz ich bei dir bin". Im „doch" steckt der Widerspruch, denn genau das ist unmöglich, „kann" nicht realisiert werden. Es „möchte" viel hergeben, ist sogar bereit zu „schlafen in Schnee und Wind", damit das geliebte Gegenüber sich wohl fühlt, Raum, ein freies „Lager" bekommt.

Im Laufe des Gedichts werden die Sehnsüchte bescheidener und umsetzbarer. Die übersteigerten Wünsche, die geliebte Person „aus[zu]trinken" und zu „fliegen", münden im „Träumen", in der möglicherweise realisierbaren Sehnsucht, „dasz ich dich wieder sehe". In den letzten beiden Versen formuliert die Dichterin den Kernwunsch: beieinander zu sein. Die Erfüllung liegt in der beglückenden Begegnung.

Friederike Mayröcker schreibt mit „Trinken" ein großes und leidenschaftliches Liebesbekenntnis. Sie findet Worte dafür, wie intensiv die Gefühle einer liebenden Person sind, wie groß die Sehnsucht und Bereitschaft, zu geben und zu nehmen. Sie zeigt, welch überbordende Fantasien die Liebe freisetzt, wie groß sie sein kann.

Dabei lässt die Dichterin die Bewusstseinsebene und die Gefühlsebene sich widerstreiten, und legt offen, wie weit Wunsch und Wirklichkeit auseinanderliegen können. In der Anerkennung dieser Diskrepanzen zeigt sich ein Ausschnitt vom Wesen der Liebe. Sie sehnt, begehrt, „möchte" scheinbar grenzenlos, und erkennt doch an, dass nicht alle Wunschvorstellungen in dieser Intensität lebbar sind und dass das Glück der Liebe im bescheidenen Wunsch erfüllt sein kann: „dasz ich dich wieder sehe".

Immer wieder schreibt Friederike Mayröcker Liebesgedichte, viele sind Ernst Jandl gewidmet. Über 45 Jahre ist er der Mensch an und auf ihrer Seite, bis er im Jahr 2000 stirbt. „Ernst Jandl war einfach die Basis meines Lebens. Seit Ernst Jandl tot ist, ist die Basis mir entzogen."

Mit ihrem Gedichtband „Tod

durch Musen“ wird sie 1966 bekannt, sie veröffentlicht experimentelle Lyrik, entwickelt frei assoziierte Wortkonstrukte und entdeckt die Technik der literarischen Montage für sich. Sie ignoriert die Regeln der Orthografie. Selten setzt sie einen Punkt am Ende eines Satzes. Ihre Gedichte enden nicht, die Gedanken fließen weiter.

In den 1970er-Jahren beendet sie ihre Arbeit als Lehrerin und widmet sich ausschließlich dem Schreiben. Ihre Produktivität ist groß, fast jedes Jahr veröffentlicht sie ein neues Buch, und eine wachsende Leserschaft verehrt sie und ihre einzigartige Sprachkunst. Sie erzählt fragmentarisch, in dichterisch hohem Ton findet sie surreale Metaphern und vermengt Eindrücke aus ihrer gegenwärtigen Umgebung mit Kindheitserinnerungen und den Notizen aus der Sammlung ihrer literarischen Fundstücke. Auch nach dem Tod Ernst Jandls schreibt sie weiter, die Trauer spricht aus ihrem Werk.

Fortwährend entwickelt sie neue sprachliche Formen – und ist Inspiration für viele Dichterinnen und Dichter jüngerer Generationen. Bis ins hohe Alter bleibt sie modern, anarchisch und innovativ. Und produktiv: Ihr Werk umfasst mehr als 100 Bücher.

Ihren letzten Gedichtband veröffentlicht sie im Alter von 95 Jahren: „da ich morgens und moosgrün. Ans Fenster trete“. Sie schreibt darin über Sneakers, Browser, das Skypen und den Overkill. Ein Jahr später, im Juni 2021, stirbt Friederike Mayröcker in ihrer Heimatstadt Wien.

„Ich fühle mich nur am Leben, wenn ich schreibe.“

LESEN:

als du heute weggingst
mein Herz

was brauchst du

Und ich schüttelte
einen Liebling

Ernst Jandl

OTTOS MOPS

* 1925 in Wien
† 2000 in Wien

ottos mops

ottos mops trotzt
otto: fort mops fort
ottos mops hopst fort
otto: soso

otto holt koks
otto holt obst
otto horcht
otto: mops mops
otto hofft

ottos mops klopft
otto: komm mops komm
ottos mops kommt
ottos mops kotzt
otto: ogottogott

HÖREN:

Er nennt sie Sprechgedichte und liefert die Definition für diese neue Art Lyrik Ende der 1950er-Jahre gleich mit: **„das sprechgedicht wird erst durch lautes lesen wirksam“.** Ernst Jandl experimentiert mit Sprache, er spielt mit ihr, seziert sie in ihre Einzelteile und fügt sie neu zusammen. Humor und existenzieller Ernst sind atmosphärische Basis seiner Gedichte, deren Charakter sich im Laufe seines dichterischen Schaffens stetig verändert. Mit jedem Band kreiert er ein neues lyrisches Territorium, jeglichen elitären Gestus lehnt er ab.

Zunächst lösen seine Veröffentlichungen Empörung aus und werden von Verlagen und der Kritik als kulturelle Provokation abgelehnt. Aber das Publikum bejubelt Jandl bei seinen Live-Lesungen, amüsiert sich über seine Sprachspiele, Wortverdrehungen und Lautmalereien und lässt sich auf die unkonventionelle poetische Verarbeitung, etwa von Kriegserlebnissen, wie in „schtzngrmm“, ein. Dem Wort Schützengraben entzieht der Dichter 1957 die Vokale, zu hören ist beim Vortrag der lautmalerische Klang von Maschinengewehren. Es ist eines seiner ersten Sprechgedichte.

In „ottos mops“ aus dem Jahr 1963 spielt der Dichter mit dem Buchstaben o, kein anderer Vokal kommt in dem Gedicht vor.

Herrchen „otto“ schickt seinen Hund, der nur mit seiner Rasse „mops“ benannt wird, „fort“, weil dieser „trotzt“. In der zweiten Strophe erledigt er Alltägliches im Haushalt, „holt koks“ und „obst“ und sehnt sich den verscheuchten Vierbeiner wieder an seine Seite. Er ruft ihn.

Der „klopft“ in der dritten Strophe, doch das Wiedersehen verläuft anders als erwartet, denn „ottos mops kotzt“. Sein Herrchen kommentiert es im letzten Vers mit einem Ausruf, der einen religiösen Begriff und seinen eigenen Namen enthält: „ogottogott“.

Ernst Jandl gelingt es mit wenigen Worten, das komplexe emotionale Verhältnis zwischen Mensch und Tier abzubilden und Mitgefühl auszulösen: Mitleid und Mitfreude.

Er zeigt die Verbindung zwischen Mensch und Hund in seinem Gedicht auch über den Vokal o – sie teilen ihn sich. Der Hundehalter „otto“ steht am Anfang jeden Verses, der „mops“ ist ihm sprachlich zugewiesen. Er schickt ihn weg, er ruft ihn zurück, er gibt die Kommandos. Dass der anfangs trotzende Hund am Ende ein kotzender ist, knüpft inhaltlich und reimend aneinander an, er verweigert sich.

Jandl verzichtet auf Klein- und Großschreibung und, abgesehen von Doppelpunkten bei der wörtlichen Rede, auch auf die Interpunktion. Mit kurzen, einfachen Sätzen und wenigen Wörtern erzeugt der Dichter einen Humor mit heiterem Ton, ein sanftes Mitgefühl mit Hund und Herr. Und zeigt einen kleinen Ausschnitt aus ihrem lebendigen Miteinander: Es wird gehopst, gehofft und am Ende gekotzt.

Ernst Jandl kommt 1925 als Sohn einer Lehrerin und eines Bankangestellten in einer katholischen Familie in Wien zur Welt. Sein Vater widmet sich der Malerei und die Mutter verfasst Gedichte, sie stirbt nach jahrelanger Krankheit, als der Junge 14 Jahre alt ist. Nach dem Abitur wird er 1943 im Zweiten Weltkrieg zum Militär eingezogen, im darauffolgenden Jahr läuft er zu den Amerikanern über. In England wird er in ein Gefangenenlager interniert. Die Auseinandersetzung mit dem Krieg spielt eine zentrale Rolle in Jandls dichterischem Werk.

1946 wird er aus der Gefangenschaft entlassen. Er kehrt nach Österreich zurück, studiert Anglistik und Germanistik und heiratet Roswitha Birthi, eine Kommilitonin. Dr. phil. Ernst Jandl arbeitet bis zu seiner Pensionierung 1979 als Lehrer an Gymnasien in Wien und zeitweise in London.

Die ersten experimentellen Gedichte schreibt er in den 1950er-Jahren und betritt dabei lyrisches Neuland. Seine Ehe endet, als er die Lehrerin und Lyrikerin Friederike Mayröcker kennenlernt, die seine literarische und private Lebensgefährtin wird und bleibt. Die Arbeit als Lehrer sichert seinen Lebensunterhalt, beim sprachlichen Experimentieren lebt er die Freiheit aus, sich mit seiner Dichtung keiner Konvention zu unterwerfen. Er spielt sprachlich mit dem Komischen und setzt Humor als wirkmächtiges Mittel zur Erkenntnis ein.

Ernst Jandl ist ein Vertreter der „Konkreten Poesie", bei der die visuellen und akustischen Ebenen eines Gedichts zentral sind, und die

Sprache selbst zum Thema wird. Er motiviert – auch in seiner Tätigkeit als Lehrer – zur experimentellen Auseinandersetzung mit Sprache, um einen veränderten Blick auf die Wirklichkeit werfen zu können. „Sprache ist von uns gemacht, wir können, sollen, dürfen alles mit ihr machen." Er durchbricht poetische Normen und vereint Ernsthaftigkeit und Spielerei.

Größere Aufmerksamkeit und Anerkennung werden ihm ab Mitte der 1960er-Jahre zuteil, auf der Bühne und auf Schallplatten begeistert er mit seinen expressiven Lesungen. 1970 wird sein fünfter Gedichtband, „der künstliche baum" mit „ottos mops", ein Verkaufserfolg. Ernst Jandl ist 45 Jahre alt und veröffentlicht darin neben „Lese- und Sprechgedichten" auch „visuelle Gedichte", bei denen die grafische Anordnung der Buchstaben und Wörter in den Mittelpunkt rückt.

Er verwendet Alltagssprache und schreibt neben Lyrik auch Prosastücke, Dramen und gemeinsam mit Friederike Mayröcker Hörspiele. Werke englischsprachiger Schriftstellerinnen und Schriftsteller übersetzt er ins Deutsche.

Seine literarischen Themen werden ab Mitte der 1970er-Jahre zunehmend autobiografischer und ernster. Er schreibt über die Vergangenheit, übers Altern, über Kindheit, Krankheit, Liebe und Isolation. Jandl leidet an Depressionen, und auch seine physische Gesundheit wird instabiler. 1979 lässt er sich als Lehrer im Alter von Mitte 50 pensionieren. Seine lebenslange Begeisterung für Musik, insbesondere Jazz, integriert er in sein dichterisches Schaffen. Mehrfach arbeitet er mit Musikerinnen und Musikern zusammen und tritt bei Lesungen mit ihnen auf.

1996 erscheint sein letzter Gedichtband zu Lebzeiten: „peter und die kuh". Hunde nehmen immer wieder Platz in seinem Werk ein, in über vierzig seiner Gedichte. Kritisch, humorvoll, melancholisch – laut, leise, zornig, zotig, zynisch – in allen Facetten lebt er die Sprachlust bis zu seinem Tod im Jahr 2000 aus. Jandl stirbt im Alter von 74 Jahren in Wien an Herzversagen.

Bis zuletzt sprechen existenzieller Ernst und Humor aus seinen Versen. „ottos mops trotzt."

LESEN:

schtnzgrmm

lichtung

liegen, bei dir

Sarah Kirsch

IM SOMMER

* 1935 in Limlingerode, Thüringen
† 2013 in Heide, Schleswig-Holstein

„Im Sommer

Dünnbesiedelt das Land.
Trotz riesigen Feldern und Maschinen
Liegen die Dörfer schläfrig
In Buchsbaumgärten; die Katzen
Trifft selten ein Steinwurf.

Im August fallen die Sterne.
Im September bläst man die Jagd an.
Noch fliegt die Graugans, spaziert der Storch
Durch unvergiftete Wiesen. Ach, die Wolken
Wie Berge fliegen sie über die Wälder.

Wenn man hier keine Zeitung hält
Ist die Welt in Ordnung.
In Pflaumenmuskesseln
Spiegelt sich schön das eigne Gesicht und
Feuerrot leuchten die Felder.

HÖREN:

Die Kreisläufe in der Natur, der Zustand der Welt und menschliche Seelenlagen sind in Sarah Kirschs Naturlyrik eng miteinander verbunden. Hinter landschaftlichen Beschreibungen entwirft sie Spiegelbilder seelischer Zustände und spielt auf politisches Geschehen an. „Im Sommer“ veröffentlicht die Lyrikerin 1977 in ihrem Gedichtband „Rückenwind“. Es ist dasselbe Jahr, in dem sie Erich Honecker in einem Brief um Erlaubnis bittet, aus der DDR auszureisen. Wenige Tage später dürfen Sarah Kirsch und ihr Sohn Moritz Ost-Berlin verlassen, und die beiden ziehen in den Westen der Stadt.

Das Gedicht beschreibt einen Landstrich abseits der Metropole, der „[d]ünnbesiedelt“ ist, agrarisch geprägt und atmosphärisch unaufgeregt. Schließlich „[l]iegen die Dörfer schläfrig“ und „die Katzen“ bleiben zumeist vom „Steinwurf“ verschont. Eine erste Assoziation zur DDR, in der die Landwirtschaft industriell in großen Betrieben organisiert ist, lässt die Dichterin mit dem Vers „[t]rotz riesigen Feldern und Maschinen“ entstehen; ebenso zu Brüchen in der Naturidylle.

In der zweiten Strophe zeichnet sie Bilder von sommerlichen Himmelsspektakeln der „Sterne“ und „Wolken“, von fliegenden und spazierenden Tieren in ihrer natürlichen Umgebung. Zwei Wörter durchkreuzen die Harmonie der unberührten Natur, die „Noch (...) unvergiftet[]“ scheint. Die sommerliche Jahreszeit ist flüchtig und wird unweigerlich in den Herbst übergehen.

„Wenn man hier keine Zeitung hält / Ist die Welt in Ordnung.“ In der dritten Strophe rückt Sarah Kirsch den Menschen in den Mittelpunkt und ihr Verweis auf androhende Gefährdung von außen wird expliziter. Doch noch ist, während der Pflaumenernte, der Sommer gegenwärtig, jene Jahreszeit voll Sonnenschein, Wärme und Farbenpracht, in der die Welt „schön“ ist – und auch „das eigne Gesicht“. Weit weg scheinen die Nachrichten der

Außenwelt in dieser informationslosen Idylle, das, was gleichzeitig andernorts stattfindet. Wie nah sind die Ökologischen, sozialen, politischen Bedrohungen? Das Gift? Ihre Warnzeichen verwebt Sarah Kirsch mit Versen, die das Magische in der Natur benennen.

Sie beendet das Gedicht mit einem Bild blühender „Felder" und verwendet dafür ein Adjektiv zerstörerischer Kraft: „Feuerrot leuchten" sie. Es ist auch die Farbe des Sozialismus.

„Im Sommer" lässt sich als weitsichtige Diagnose sozio-ökologischer Bedrohungen lesen, als Analyse einer Lyrikerin, die weiß, dass der politischen und landschaftlichen Situation eine Katastrophe droht. Und als melancholischer Rückblick in eine Zeit, in der der Sommer für die Dichterin auf und in „ihrem" Land noch unbeschwert, die natürliche Umgebung unvergiftet sind.

1977, im Jahr der Veröffentlichung des Gedichts, kehrt Sarah Kirsch ihrer Heimat und der sozialistischen Ordnung den Rücken. Sie ist Anfang Vierzig und in der DDR eine etablierte Autorin und Lyrikerin, doch sie erzeugt politischen Gegenwind: Im Jahr vor ihrer Übersiedelung in den Westen wird sie aus der SED und dem Schriftstellerverband der DDR ausgeschlossen, nachdem sie die Protesterklärung gegen die Ausbürgerung von Liedermacher und Lyriker Wolf Biermann unterzeichnet hat.

Ingrid Hella Irmelinde Bernstein wird 1935 im Pfarrhaus von Limlingerode in Thüringen geboren. Die Familie zieht nach Halberstadt, wo das Mädchen 1945 einen Bombenangriff erlebt und überlebt. Ihr Interesse an der Natur ist groß: Nach dem Abitur beginnt sie eine Lehre zur Forstarbeiterin und absolviert ein Studium zur Diplom-Biologin an der Universität in Halle an der Saale.

1960 heiratet sie den Lyriker Rainer Kirsch und veröffentlicht erste lyrische Texte. Als Pseudonym wählt sie aus Protest gegen Antisemitismus den Vornamen Sarah – die Nationalsozialisten hatten ihn jüdischen Frauen in ihre Pässe geschrieben. Gemeinsam mit Rainer Kirsch veröffentlicht sie 1965 ihren ersten, hochgelobten Gedichtband „Gespräch mit dem Saurier", ein Dialog mit der ausgestorbenen Spezies als Allegorie auf den niedergerungenen Kapitalismus. Die beiden studieren am Institut für Literatur in Leipzig und sind Mitte der 1960er Jahre noch Teil der vom Sozialismus überzeugten Generation, die den Aufbau ihrer Republik mitgestalten will. Noch ist sommerliche Stimmung in der DDR.

Zwei Jahre später erscheint ihr erster eigener Gedichtband „Landaufenthalt", mit dem sie in Ost- und Westdeutschland bekannt wird. Sarah Kirschs Sprachstil ist eigenwillig, ihre Lyrik verfasst sie zumeist reimlos, kurz und in freiem Versmaß; Rhythmus und Tempo erzeugt sie mit Enjambements und Zeilenumbrüchen. Die Themen Liebe, Natur, Einsamkeit und Politik dominieren ihr Werk. Sie schreibt sozialkritisch, naturverbunden, melancholisch, liebeslyrisch.

Die Ehe von Rainer und Sarah Kirsch wird 1968 geschieden. Im darauffolgenden Jahr bringt die Lyrikerin ihren Sohn Moritz zur Welt. Die Beziehung zu dessen Vater, dem Schriftsteller Karl Mickel, hält nur kurz. Alleinerziehend lebt sie in Ost-Berlin und arbeitet als Journalistin und Übersetzerin.

Ihr Blick auf die DDR ist in den 1970er Jahren zunehmend herbstlicher. Sie schreibt Kinderbücher und veröffentlicht weitere Gedichtbände – mit metaphorischen Versen umgeht sie die Zensur. Der Observierung durch das Ministerium für Staatssicherheit entkommt sie, die Widerspruch wagt, aber nicht. Auch mit ihrer Unterstützung Wolf Biermanns widerspricht sie. Vorladungen und Verhöre folgen, doch sie weigert sich, ihre Unterschrift auf der Protesterklärung zurückzuziehen. Mit dem Ausschluss aus der SED und dem Schriftstellerverband wird ihr die Möglichkeit genommen, weiter zu publizieren.

Nach der Übersiedlung mit Moritz in den Westen kann sie an ihre künstlerischen Erfolge und ihre Popularität ab 1977 in der BRD anknüpfen. Bereits im Folgejahr erhält sie ein Stipendium für die Villa Massimo in Rom.

Sarah Kirsch schreibt täglich, und beinahe im Jahresrhythmus veröffentlicht sie bis zu ihrem Lebensende Gedicht- oder Prosabände. Anfang der 1980er Jahre wird ihr das Leben in Berlin-Charlottenburg, umgeben von vielen anderen Autorinnen und Autoren, zu turbulent, zu unkonzentriert für ihre schriftstellerische Arbeit. 1983 erwirbt sie im schleswig-holsteinischen Thielenhemme ein ehemaliges Dorfschulhaus hinterm Eiderdeich. Umgeben von der Natur dieses dünnbesiedelten Marschlands, zwischen Nordsee und Nord-Ostsee-Kanal, fühlt sie sich am richtigen Ort; und die studierte Naturwissenschaftlerin findet in der norddeutschen Landschaft Inspiration für ihre Lyrik. Sie wohnt, aquarelliert und vor allem schreibt dort über drei Jahrzehnte – bis sie 2013 im Alter von 78 Jahren nach kurzer schwerer Krankheit stirbt. Ihrem eigenen Wunsch entsprechend wird die Urne in ihrem Garten begraben.

„Wenn man hier keine Zeitung hält / Ist die Welt in Ordnung."

LESEN:

Nachricht aus Lesbos

Die ungeheuren bergehohen Wellen auf See

Ich will nicht mehr höflich sein – Tagebuch aus der Wendezeit

Erich Fried

WAS ES IST

* 1921 in Wien
† 1988 in Baden-Baden

Was es ist

Es ist Unsinn
sagt die Vernunft
Es ist was es ist
sagt die Liebe

Es ist Unglück
sagt die Berechnung
Es ist nichts als Schmerz
sagt die Angst
Es ist aussichtslos
sagt die Einsicht
Es ist was es ist
sagt die Liebe

Es ist lächerlich
sagt der Stolz
Es ist leichtsinnig
sagt die Vorsicht
Es ist unmöglich
sagt die Erfahrung
Es ist was es ist
sagt die Liebe

HÖREN:

Erich Fried

„Nach dem deutschen Einmarsch in Wien 1938, der mich aus einem österreichischen Oberschüler in einen verfolgten Juden verwandelte, und nach der Ermordung meines unpolitischen Vaters durch Gestapo-Beamte, nahm ich mir vor, wenn ich lebend entkäme, zu tun, was mein Vater in den letzten Jahren seines Lebens vergeblich tun wollte: **Schriftsteller zu werden.** Ich wollte gegen Faschismus, Rassismus und die Austreibung unschuldiger Menschen schreiben."

So formuliert Erich Fried im Londoner Exil seinen schriftstellerischen Impetus. Als er 1938 aus seiner österreichischen Heimat flieht, ist er 17 Jahre alt. Den Nationalsozialisten lebend entkommen, realisiert er sein Vorhaben: Er wird Dichter und positioniert sich zeitlebens gegen Ungerechtigkeit und Unterdrückung.

In mehr als zwanzig Gedichtbänden veröffentlicht er ab 1944 seine Verse – er schreibt über alles, was ihn bewegt: den Holocaust, über Kapitalismus, den Krieg in Vietnam, über Sehnsüchte, Sozialismus, atomares Aufrüsten, Österreich, die Liebe und vieles mehr.

Es ist, was es ist. In Deutschland sieht Erich Fried seine literarische Heimat, aber es ist auch das Land der Verfolger und Mörder seiner Familie. Der linke Lyriker provoziert Mächtige, indem er das Zeitgeschehen schonungslos kommentiert; er ist ein moralischer Mahner, der an die Vergangenheit erinnert und erwartet, dass Lehren aus ihr gezogen werden, und auch ein Erklärer. Er scheut keine Konflikte, polarisiert, polemisiert und sucht die Auseinandersetzung mit Widersprüchlichem – auch in der Sprache seiner Gedichte, die in die Tausende gehen.

Sie treffen in der Bundesrepublik Deutschland vor allem den Nerv der friedensbewegten, politisch links verorteten Jugend. Er wird

Mitglied der „Gruppe 47“ und zu einer Ikone der 68er-Bewegung. Anders in konservativen Kreisen, dort heißt er „Stören-Fried“.

Er ist, wer er ist. Erich Fried ist ein Menschenfreund, dessen Nächstenliebe trotz der Gräueltaten an seiner jüdischen Familie im Nationalsozialismus nicht zerbrach. Er sucht den Dialog mit Andersdenkenden, möchte sie verstehen und zwischen Menschen und ihren Taten unterscheiden. Liebe und Politik begreift er als zusammengehörig. Sein Engagement gegen Ungerechtigkeit gilt auch, wenn sie politische Gegner trifft.

1979 überrascht der fast Sechzigjährige mit der Veröffentlichung seiner „Liebesgedichte“ – sie werden zum größten Erfolg des Lyrikers, der Gedichtband zu einem der erfolgreichsten überhaupt in der BRD. Nach wie vor lebt Fried in seiner einstigen Exil-Stadt London. Er ist in dritter Ehe verheiratet und Vater von sechs Kindern.

Sein berühmtestes Gedicht „Was es ist“ erscheint 1983 – fünf Jahre bevor er an den Folgen einer Krebserkrankung stirbt.

Darin widmet er sich der Liebe, jenem Gefühl starker Zuneigung, das mit Worten so schwer zu greifen ist. Fried formuliert einen Dialog zwischen der Liebe und ihren möglichen Widersachern: Vernunft, Berechnung, Angst, Einsicht, Stolz, Vorsicht und Erfahrung. Sie alle werden personifiziert, und jeder „sagt“ aus der eigenen Perspektive, was „es ist“. Sie sprechen von „Unsinn“, „Unglück“, „Schmerz“ und den Adjektiven „aussichtslos“, „lächerlich“, „leichtsinnig“ und „unmöglich“.

Die Konnotationen sind allesamt negativ, so wird die Liebe in Frage gestellt. Aber sie – ebenfalls personifiziert – wird nicht unsicher, sie wiederholt fortwährend lakonisch: „Es ist, was es ist.“

Der so entstehende Dialog in drei Strophen lässt sich als Auseinandersetzung zwischen Kopf und Herz lesen, als verbaler Ballwechsel zwischen Warnungen vor der Liebe und Vertrauen in sie. Die rationalen Argumente greifen an, versuchen eins nach dem anderen ein breites Spektrum abschreckender Behauptungen auszuspielen, erhöhen die Schlagkraft von zwei auf sechs Verse nach der ersten Strophe. Die Liebe wehrt sanftmütig, aber standhaft ab. „Es ist was es ist / sagt die Liebe“ – und das dreimal, zum Ende jeder Strophe.

Die Liebe spricht in der Überschrift, und sie hat das letzte Wort.

Erich Fried erklärt die Liebe mit der Überwindung der Hürden, die sich ihr in den Weg stellen können. „Was es“ konkret bedeutet, benennt er nicht. Ob sie ihr Wesen trotz oder wegen der ihr entgegengebrachten Einwände hat, und was die Liebe darüber hinaus im

Positiven ausmacht, lässt er in der Schwebe. Der Vers „Es ist was es ist" kann argumentativ nicht widerlegt werden – die Aussage ist tautologisch.

Der Dichter offenbart so die Größe der Liebe, die bei ihm über den Dingen und für sich steht, keiner weiteren Erläuterung bedarf. Sie stellt sich der Konfrontation – ohne das Bemühen, sich mit vielen Worten zu erklären; wer sie je erlebt, weiß um ihre Bedeutung, um das große Glück und das große Leid, das mit ihr verbunden sein kann.

Erich Frieds Liebe lobt sich nicht, sie rechtfertigt sich nicht, sie bläht sich nicht auf. Sie ist, was sie ist.

LESEN:

Aber

Den Herrschenden

Macht der Dichtung

Peter Rühmkorf

BLEIB ERSCHÜTTERBAR UND WIDERSTEH

* 1929 in Dortmund
† 2008 in Roseburg, Schleswig-Holstein

Peter Rühmkorf

„Bleib erschütterbar und widersteh

Bleib erschütterbar und widersteh

Also heut: zum Ersten, Zweiten, Letzten:
Allen Durchgedrehten, Umgehetzten,
was ich, kaum erhoben, wanken seh,
gestern an- und morgen abgeschaltet:
Eh dein Kopf zum Totenkopf erkaltet:
Bleib erschütterbar – doch widersteh!

Die uns Erde, Wasser, Luft versauen
– Fortschritt marsch! mit Gas und Gottvertrauen –
Ehe sie dich einvernehmen, eh
du im Strudel bist und schon im Solde,
wartend, dass die Kotze sich vergolde:
Bleib erschütterbar – und widersteh.

Schön, wie sich die Sterblichen berühren –
Knüppel zielen schon auf Hirn und Nieren,
dass der Liebe gleich der Mut vergeh ...
Wer geduckt steht, will auch andre biegen
(Sorgen brauchst du dir nicht selber zuzufügen;
alles, was gefürchtet wird, wird wahr!)
Bleib erschütterbar.
Bleib erschütterbar – doch widersteh.

Widersteht! im Siegen Ungeübte,
zwischen Scylla hier und dort Charybde
schwankt der Wechselkurs der Odyssee ...
Finsternis kommt reichlich nachgeflossen;
aber du mit – such sie dir! – Genossen!
teilst das Dunkel, und es teilt sich die Gefahr
leicht und jäh – – –
Bleib erschütterbar!
Bleib erschütterbar – und widersteh.

HÖREN:

„Bleib erschütterbar und widersteh" – schon der Titel ist ein Imperativ. Peter Rühmkorf veröffentlicht 1984 einen sensiblen und kraftvollen Appell zu Sensibilität und Widerstandskraft. Er schreibt gegen emotionales Abstumpfen an und tritt ein für eine klare Haltung gegenüber der gesellschaftlichen Realität.
Der lyrische Aufruf spricht zunächst eine Einzelperson an, dann auch den Plural – wendet er sich doch an das erschütterbare Individuum in einer solidarisch widerstehenden Gemeinschaft.

Das Leben ist kurz, das Tempo hoch, menschliche Werte werden im Nu verkauft: „zum Ersten, Zweiten, Letzten“. Die darum wissen, die „Durchgedrehten, Umgehetzten“, sind davon aufgewühlt. Wohl zu Recht, denn die kurze Verweildauer auf Erden von „gestern“ bis „morgen“ bebildert Peter Rühmkorf in der ersten Strophe plastisch und schlussfolgert mahnend: „Eh dein Kopf zum Totenkopf erkaltet: / Bleib erschütterbar – doch widersteh!“

Der vermeintliche „Fortschritt“ steht im Mittelpunkt der zweiten Strophe. Ihm fallen aus Profitgier „Erde, Wasser, Luft“ zum Opfer, die Natur wird „versau[t]“. Von einer mit militärischem Vokabular beschriebenen Gruppe, die „marsch!“ die Gehorsamen mit Geld lockt und in einen „Strudel“ zieht. Grund zur Warnung vor unreflektiertem Mitlaufen, das Profit, aber auch physisches und psychisches Übel mit sich bringt: „Ehe sie dich einvernehmen, eh / du (...) / wartend, dass die Kotze sich vergolde: / Bleib erschütterbar – und widersteh.“

Peter Rühmkorf geht dann ironisch auf das zwischenmenschliche Miteinander ein, für die Liebe und freies Denken lässt der Zeitgeist keinen Raum. Denn „Knüppel zielen schon auf Hirn und Nieren“. Aufrichtiges Handeln, Widerstand, wird bestraft, Zuversicht scheint weit entfernt – „Sorgen" dominieren. Dem entgegen steht auch am Ende der dritten Strophe der titelgebende Appell, wie ein Mantra zur inneren Orientierung.

„Widersteht!" Mit Nachdruck wird zum Ende des Gedichts nicht mehr nur eine einzelne Person angesprochen. Der Dichter bedient sich Metaphern aus der griechischen Mythologie – die Meeresungeheuer „Scylla" und „Charybde" stehen für die herausfordernden Zwickmühlen, in denen der Mensch auf seinen Irrfahrten des Lebens immer wieder steckt. Immer wieder sieht er sich Zumutungen und Verführungen ausgesetzt. „Finsternis kommt reichlich nachgeflossen;" wieder taucht das Bild vom „Strudel" als Bedrohung auf.

Rühmkorf zeigt einen Weg, dem „Dunkel" standzuhalten, der „Gefahr" nicht allein ausgeliefert zu sein und sie zu überwinden: „such sie dir! – Genossen!" Gemeinsam stark. In Solidarität vergrößert sich die Widerstandskraft. Um sie aufzubringen, bedarf es der Berührbarkeit und des kritischen Denkens des Individuums. „Bleib erschütterbar – doch widersteh."

Als Peter Rühmkorf 1984 seinen Appell zu sensibel-mündigem Denken und Handeln veröffentlicht, ist er 55 Jahre alt und lebt mit seiner Frau Eva in Hamburg-Övelgönne an der Elbe.

Sein lyrisches Werk ist politisch – feinfühlig und kritisch. Seine tiefsinnigen Beobachtungen der Welt verbindet er mit Ironie und Leichtigkeit. Er vermeidet Kitsch und Pathos, balanciert zwischen Tradition und Moderne, volksliedhaften Klängen und den Maximen der Aufklärung. Heiter und ernst, spielerisch und virtuos, in alltäglicher und gehobener Sprache. Die Leserinnen und Leser sieht er als Partner, in vielen Gedichten spricht er sie direkt an. Und oft trägt er seine Texte auf der Bühne, von Live-Jazz begleitet, seinem Publikum lakonisch und selbstironisch vor.

Geboren wird er 1929 in Dortmund. Seine Mutter ist Lehrerin und die Tochter eines Pfarrers. Seinen Vater, einen reisenden Puppenspieler, wird er nie kennenlernen. Als angebliches Adoptivkind der Mutter wächst Peter Rühmkorf in der Nähe der niedersächsischen Stadt Stade auf, so wird die Unehelichkeit der Geburt vertuscht. Über die Herkunft seines Vaters erfindet der Junge Geschichten. Erste literarische Texte verfasst er im Alter von 14 Jahren, inspiriert von seiner dichtenden Mutter.

Nach dem Abitur beginnt er 1950 in Hamburg ein Studium der Pädagogik und Kunstgeschichte und schreibt für gesellschaftskritische, meist politisch linke Zeitschriften. In seinen Essays und Reden spiegelt er mit scharfen

Worten das Zeitgeschehen und die kulturellen Entwicklungen in Deutschland. Er interessiert sich für Jazz und Kabarett. 1956 erscheint sein erster Gedichtband „Heiße Lyrik".

Beim Rowohlt Verlag arbeitet er bis Mitte der 1960er-Jahre als Lektor, er heiratet und lebt in Hamburg als freier Schriftsteller, zunehmend erfolgreich. Peter Rühmkorf schreibt Essays, Theaterstücke, Tagebücher, Märchen und vor allem Lyrik – gereimt und musikalisch – voll sprachlicher Wandlungsfähigkeit und raffinierter Wortspiele, stets mit einem aufgeklärt-politischen Blick.

Er positioniert sich gegen Atomkraft und für die Studentenbewegung, gegen den Golfkrieg und nach der Wiedervereinigung für ein sozial gerechtes Deutschland. Ein kritisch Hinterfragender, der dabei selbstironisch und dem Leben zugewandt bleibt.

2008 veröffentlicht er seinen letzten Gedichtband „Paradiesvogelschiss". Kurz darauf stirbt er im Alter von 79 Jahren in Schleswig-Holstein an einer Krebserkrankung.

Knapp vierzig Jahre nach seinem mahnenden Aufruf erschüttern Krieg, Pandemie, Klimakrise, Rechte Gewalt und ertrinkende Flüchtende die Menschen jede Stunde, jede Minute, mit jedem Klick. Ob ihrer zunehmenden Wucht und Masse weder abzustumpfen, noch sich lähmen zu lassen, wird immer herausfordernder. Emotional berührbar zu bleiben, und trotzdem rational darauf zu reagieren, ein Balanceakt. Nimmt die Erschütterung überhand, werden das klare Denken und der gesunde Instinkt blockiert.

Konsum per Klick, Profit mit Likes, Verfügbarkeit sofort – ein Strudel an Versuchungen, die Endorphine erzeugen. Kurze Schlagzeilen, einfache Erklärungen, Ablehnung statt Auseinandersetzung – ein Sog der schnellen und lauten Reaktion.

Gegen das emotionale Abstumpfen und für eine klare Haltung, mit diversen „Genossen" und Genossinnen.

„Bleib erschütterbar – und widersteh."

LESEN:

Phönix voran

Lass leuchten

Tabu I und II – Tagebücher

C.H.BECK
WWW.CHBECK.DE

CP Kommunikation
Christian Prechtl

NPP NIETHAMMER, POSEWANG & PARTNER GMBH
WIRTSCHAFTSPRÜFUNGSGESELLSCHAFT • STEUERBERATUNGSGESELLSCHAFT

FREUNDE WAND

Danke für Ihre Unterstützung.

edding®

THE OSTHOLSTEINER

LIONS CLUB ELLERBEK RELLINGEN

Geistesblüten®
AUTOREN BÜCHER KÜNSTLER

SCHWOCHOW
VISUAL STORIES

HALBVOLL
Inspiration ist alles.

lit
Literaturzentrum im Literaturhaus Hamburg

×13

DIE ZEIT-GENÖSSISCHEN GEDICHTE

Wie bleibt man ein Menschenfreund angesichts von Verfolgung, Vernichtung und Krieg? „Du, lass Dich nicht verhärten, in dieser harten Zeit", schrieb Wolf Biermann, geboren 1936 in Hamburg, im Gedicht „Ermutigung" für seinen von der Stasi drangsalierten Freund Peter Huchel.

Auch in seinem eigenen Leben hätte es genug Gründe gegeben, zum Menschenfeind zu werden: Er ist erst sechs Jahre alt, als sein Vater Dagobert in Auschwitz ermordet wird. Wenig später überlebt er mit seiner Mutter Emma nur knapp den „Hamburger Feuersturm", den großen Luftangriff auf Hamburg: Sie nimmt ihn huckepack und schwimmt mit ihm durch den Kanal im Stadtteil Hamm. Später dann, in der DDR, wird Biermann mit einem Auftrittsverbot belegt und 1976 schließlich gegen seinen Willen ausgebürgert.

„Es ist ja der Mensch, der den Menschen bedroht", dichtete Biermann in seinem Lied „Wann ist denn endlich Frieden" von 1980. Woher nimmt er lebenslang die Kraft, um immer wieder seine Stimme zu erheben? Letztlich ergründen kann man das nicht. Aber es muss mit der Liebe und mit der Freude am Leben zu tun haben.

Aus: Im Bernstein der Balladen. Lieder und Gedichte, Propylen Verlag;
Foto: dpa Picture-Alliance

Mich wundert

Ich leb, und waiß nit wie lang,
Ich stirb und waiß nit wann,
Ich far und waiß nit, wohin,
Mich wundert, das ich so froelich bin.*

Ich floh aus einer brennenden Stadt
Ich Glückskind, froh von Anbeginn
Fress mich durchs Leben hungrigsatt
Mich wundert, dass ich so traurig bin

Ich heul zur Sonne, heule zum Mond
Ein Wolf bei mancher Schäferin
Und hab den Herden beigewohnt
Mich wundert, dass ich so einsam bin

Ich half mir selbst, drum hilft mir Gott
Im Beten seh ich keinen Sinn
Bin ein moderner Don Quichotte
Mich wundert, dass ich so hilflos bin

Und weiß: Das Unrecht ist uralt
Verlust ist unser Hauptgewinn
Und doch lässt mich kein Elend kalt
Mich wundert, dass ich so zornig bin

Ich bin gewiß – und weiß nicht wer
Ich gehe und weiß nicht wohin
Ich komme und weiß nicht woher
Mich wundert, dass ich so fröhlich bin

* verschiedentlich überlieferte christliche Spruchdichtung

Jeder kennt wohl jemanden, der oder die irgendwann einmal Fossilien oder Mineralien gesammelt hat, fasziniert von diesen Zeugen einer so unendlich fernen und geheimnisvollen Zeit. Esther Kinsky ist eine von denen, die uns dahin mitnimmt. 1956 in Engelskirchen im Bergischen Land bei Köln geboren, gehört sie zu den bekanntesten Autorinnen des „Nature Writing" – auch wenn sie lieber von „Gelände" spricht, als das aus ihrer Sicht etwas zu sehr romantisierende Wort „Landschaft" zu verwenden. In ihrem Roman „Rombo" erinnert sie an die zwei Erdbeben, bei denen sich 1976 in Nordost-Italien die Afrikanische unter die Eurasische Erdplatte schob. Als sich die Alpen „auffalteten" und beinahe tausend Menschen starben. Man wird demütig und bescheiden angesichts dieser steinernen Welt. Und wenn wir beim Lesen unsere eigenen Sinne schärfen, entdecken wir zwischen den von ihr beschriebenen „Geröllfeldern" und „Kluftseiten", auf „schuppigen Hängen" und in „Schieferschächten" eine spröde, kühle, ja schroffe, Schönheit – und dazu die eine oder andere geheime Botschaft.

Aus: Schiefern, Suhrkamp, Verlag 2020
Foto: dpa Picture-Alliance

Ja das singen in den lüften

Ja das singen in den lüften
oder doch nicht –
bloß das ewige beben
eher leise und eine art summen
ist das die erinnerung die
nichts von sich weiß sich nur
in den verschütteten rinnen regt
in der umgefalteten erdkruste
die nichts zu verbergen hat
nur noch träumt
von der alten ordnung der landmassen?

Nora Gomringer

Aus: Mein Gedicht fragt nicht lange, Voland & Quist, 2011/2015
Foto: Verlag Voland & Quist GmbH (voland-quist.de)

Wer auf ihrer Website den „Vita"-Reiter anklickt, erhält eine Warnung: „Vorsicht!", heißt es dort: „Nora Gomringer könnte Sie amüsieren, irritieren, aus den richtigen Gründen zum Weinen bringen! Ist alles schon vorgekommen ..."
Dass sie „outspoken" ist, wenn es um die Freiheit der Kunst geht, das hat die 1980 in Neunkirchen an der Saar geborene Spoken-Word-Artistin auch schon unter Beweis gestellt.
Als vor einigen Jahren ihrem Vater Eugen Gomringer anlässlich seines Gedichts „Avenidas" Frauenfeindlichkeit vorgeworfen und der Text von der Fassade einer Berliner Universität entfernt wurde, startete sie eine Guerilla-Aktion auf Instagram („Klebt das Gedicht meines Vaters überall hin!") und positionierte sich in der Presse. Es sei „beachtlich, was man in sechs Worte hineinlesen kann". Und mit einiger gehörigen Portion Ironie fügte sie hinzu: „Ich will hoffen, dass stets genug Weichspüler im Haus vorhanden ist, um Texte zu finden, die niemanden echauffieren – also am besten politically so correct sind, dass es um sie niemals eine Diskussion geben muss."

Wie erkläre ich

Sind gestorben
In den Himmel gekommen

Sind geflogen
Atomisiert in die Lungen

Der Unwissenden
Nichtswissenwollenden

Haben ihre Kinder
In andere Länder gebracht

Oder die Elternasche
Verstreut über die sieben

Weltmeere
Die heute im Wellenschlag

Im Pottwalbauch
Unsere Sünden fortpflanzen

An die Strände
Der Ruhe

Volker Braun

Aus: Volker Braun: Große Fuge. Suhrkamp Verlag 2021;
Foto: Dirk Skiba (dirk-skiba-fotografie.de)

Als junger Mann arbeitete Volker Braun als Drucker, auch als Tiefbauarbeiter und Betonrohrleger im Gaskombinat „Schwarze Pumpe“, wo Braunkohle verwertet und veredelt wurde. In einem Nachwende-Roman beschreibt er eine zerstörte, verwüstete Landschaft, Industrieruinen und Abraumhalden.
1965 wird der „Arbeiter in der Wörterwerkstatt“ (SZ) von der legendären Helene Weigel als Dramaturg ans Berliner Ensemble geholt. Seit 1960 Mitglied der SED, bleibt seine Haltung zum sozialistischen Staat vom Widerspruch zwischen Utopie und Realität gekennzeichnet.
„Hoffnungsvoll, zweifelnd“ nennt er dies 2011 in seiner Grab-Rede für Christa Wolf. Seine kritische Haltung gegenüber dem Kapitalismus behält Braun auch nach der Wende bei. In der Hochphase der Corona-Zeit stellt er teils boshaft, teils bitter und auch ein wenig erleichtert fest, wie die Welt zum Stillstand kommt, „wie zur Besinnung gebracht“.
Die Zukunft lasse aber wenig Gutes erwarten. „Problem und Lösung, Katastrophe und Aufbruch. Eine lange Epoche ungewohnter Unordnungen“, sagt der Dichter voraus.

Nach unserer Zeit

EINE WEISSE YACHT DER MAST GEBROCHEN BEWEGUNGSUNFÄHIG VOR MINDANAO DÜMPELND EIN KÖRPER FAHL UND BRÜCHIG WIE DRECKIGER FEUCHTER SAND ZUSAMMENGESUNKEN AM TISCH NUR NOCH IN FORM UND HALTUNG EINEM MENSCHEN ÄHNLICH
So sehe ich die Menschheit treiben
In ihrem Fahrzeug Nach ihrer Zeit
Totenstille Ein Geist ist an Bord

Aus: Das hier ist der Fall. Ausgewählte Gedichte der Georg-Büchner-Preisträgerin 2020,
hg. und mit einem Nachwort versehen von Steffen Popp und Monika Rinck, Suhrkamp Verlag, 2020
Foto: Renate von Mangoldt (renate-von-mangoldt.de)

„Ich habe den Verhältnissen gekündigt, / sie waren falsch", ist ein Zitat von Elke Erb. Die 1938 in der Eifel geborene Dichterin, die 1949 als Elfjährige mit ihrer Familie nach Halle an der Saale umsiedelte, hat sich Zeit ihres Lebens nicht gescheut, im Abseits zu stehen – und ist immer ihren eigenen Weg gegangen, so anstrengend dies auch sein mochte.

In der DDR u.a. aufgrund ihrer Nähe zur unabhängigen Friedensbewegung durch die Staatssicherheit überwacht, wurde sie nach 1989 schnell zur Kritikerin der Verhältnisse in der Bundesrepublik: „Woher soll ein Sinn für Kultur kommen in einem Land, das kulturlos wirtschaftete? Und was sinnt die Deutsche Bank? Nur gut, denke ich (erfreut über den metaphorischen Griff), dass sie Mecklenburg (z.B.) nicht tilgen können, sollte sich herausstellen, Mecklenburg wirft nichts ab."

2019 attestierte ihr Bundespräsident Frank-Walter Steinmeier bei der Verleihung des Bundesverdienstkreuzes für ihre Poesie „legendären Eigensinn". Elke Erb sei „gerade jungen Dichterinnen und Dichtern Inspiration".

2.8.16

Komme nicht zu Kräften. Schlaff. Hänge. Frage mich: Was fehlt.
Was tun?

– Es fehlt ja nichts.
Gerade dieser Zustand ist voll von sich. Überfüllt
mit sich.

(Wollte doch, sollte doch Viel Mehr Trinken. Z.B.)

„Schlapp“ ist auch ein gutes Wort hier.
Nicht dort, wo es das Geräusch wiedergibt, wenn die Kuh trinkt.

Kaum ein deutscher Autor ist soviel auf dem Globus unterwegs wie Matthias Politycki. Um die hundert Länder hat er bisher bewandert und befahren, und ist dabei nicht unerhebliche Risiken eingegangen.

Denn der 1955 in Karlsruhe geborene Politycki ist nicht als Tourist unterwegs, sondern als Schriftsteller auf Erkundungstour zu den unbekannteren Flecken der Landkarten und zu den Menschen, über die man hierzulande bestenfalls Klischees im Kopf hat. Mit ihm erleben wir die Regenzeit „Hinter den Tempeln von Angkor Wat“ ebenso wie einen „Morgen am Mekong“. Wir übernachten mit ihm in einer Jurte bei den Ruinen der Festung Ayaz-Kala in der Kysylkum-Wüste in Usbekistan und schlagen mit ihm das Zelt auf im Krater des Kilimandscharo. Auf diese Weise erfahren wir, dass ein Gedicht – wie ein Anruf – auch weiteste Entfernungen überbrücken kann.

Übrigens: Auch für seine Romane bringt Matthias Politycki von seinen Reisen Material mit. 2017 hat er darüber ein nachdenkliches Buch geschrieben: „Schrecklich schön und weit und wild: Warum wir reisen und was wir dabei denken“.

Aus: Sämtliche Gedichte, 2017-1987;
Foto: Mathias Bothor/photoselection

Ein Anschluß unter dieser Nummer

Einiges über Weltmeere

Auch ein Ozean hat seine Vorwahlnummer
(das hast du noch nicht gewußt, was?),
der Pazifik zum Beispiel die 00872,
der Atlantik die 00871
(jedoch nur im Osten! Den Westatlantik
erreichst du unter 00874),
danach brauchst du nur noch
die Nummer des Schiffes eingeben,
und wenn du die Kabinennummer anhängst,
kommst du direkt zu mir durch.

Der Indische Ozean hat die 00873
und die Südsee 00 ... Ach ja,
jetzt müßtest du nur noch wissen,
auf welchem Meer ich gerade
auf welchem Schiff
neben dem Telephon sitze und
ganz gewiß nicht
auf deinen Anruf warte.

PS: Alle Meere zusammen, kein Scherz,
erreichst du unter 00870 – die Generalvorwahl
ür Ozean im allgemeinen.
Wenn du mich fragst: Nimm die!

Aus: Leuchtende Schafe: Gedichte, Schöffling Verlag 2022
Foto: Ulrike Almut Sandig, c/o Schöffling & Co., Kaiserstraße 79, 60329 Frankfurt am Main; info@schoeffling.de; 069/920787-0

Backsteinhallen, Heidekraut und russische Panzerzüge: Kindheitserinnerungen von Almut Ulrike Sandig.
Geboren 1979 in Großenhain, Sachsen; aufgewachsen in einem ostdeutschen Pfarrhaus, erwachsen geworden im Leipzig der Wendezeit. Schon früh, sagt sie, habe sie einen Spleen gehabt für Song- und Gedichtzeilen „die sich tief ins Gehirn schrauben mit ihrem Klang".
Mit 22 Jahren gibt sie mit der Autorin und Musikerin Marlen Pelny erste Lesekonzerte, klebt Gedichte an Leipziger Bauzäune, verteilt in den Straßen und Cafés ihre Texte auf Flyern und Gratispostkarten.
Heute arbeitet sie bei ihren Auftritten mit der Performerin Hinemoana Baker (Neuseeland), der Fusion-Rockband Alif (Indien) oder dem Klangkosmonauten Sebastian Reuter zusammen. Mit Grigory Semenchuk, ukrainischer Dichter und Rapper, und Sascha Conrad, Filmemacher aus Dänemark, verbindet Sandig im Poetrykollektiv „Landschaft" Elektrobeats und Videokunst mit Poesie. Tipp: unter ulrike-almut-sandig.de/vorraete kann ihr Gedicht „Open Arms" derzeit als Plakat bestellt werden.

[russenwald]

russenwald war, worüber wir pfiffen, wohin
wir nicht gingen, wo bündel aus licht in höhe
der fichtkronen aufstiegen, rot, wo die asche
von kippen und verbogener stahl die gräben
bestrich an der grenze zum feld. am ortsrand
bewegten sich tische und etwas weckte uns
spät: es gab weiter hinten das ende vom weg.

betreten verboten vermintes gebiet / heide
fallbaum lichtung moosrand / krater rotwild
leere dörfer / backsteinhallen erika. es gab

panzerzüge, lkws, dunkelgrüne planen, drinnen
standen vierzig mann, die schauten nach hinten
in reihen heraus, alle köpfe rasiert. und es gab
diesen einen, der vier stunden stillstand, im juli
die hitze, auf der kreuzung allein, bis sie rollten
in dreißig maschinen vorbei, und er hebt seine

rechte: militär vorfahrt / bis staub und das bellen
von hunden und er sich nicht rührt / schmaler
junge abendrot / mittelstreifen grün. es gab sie

schon immer und manchmal brachen sie latten
vom zaun und schnitten den kohl auf und
schossen die hennen. wer satt war,
lief weiter zum fischteich, zur sonne, und tauschte
mit kindern abzeichen ein, rot und sichel gegen
freundschaft. wer das tat, kam lange nicht
wieder. wir warteten umsonst.

Wann immer Mara-Daria Cojocaru, geboren 1980 in Hamburg, nach ihrer Poetik gefragt wird, kommt schnell auch ihr Hund ins Spiel. Auf langen Wanderungen, zum Beispiel durch Hampstead Heath, ein wundervolles Gelände mit Teichen, alten Waldflächen, Sümpfen und Hecken im Norden von London, ist er ihr Begleiter und ihre Inspirationsquelle. Mit „sechs Füßen“ sei sie dann unterwegs, sagt sie. Und das habe Auswirkungen auf ihre Texte: „Ich überlasse dem Hund unser Tempo, den Rhythmus und mein Vermögen / Zu denken. Wir kommen nur stockend ins Schreiben. Der Hund putzt die / Pfoten.“

Bei der promovierten Philosophin Cojocaru ist die Nähe zwischen Mensch und Tier mehr als eine literarische Idee, sie ist politisches Programm: „Tier-Ethik" ist ihr berufliches Hauptthema. So plädiert sie im Fachbuch „Menschen und andere Tiere“ für eine neue Herangehensweise an Mensch-Tier-Beziehungen: „Wir haben noch nicht verstanden, dass es nicht sinnvoll ist, von Menschen auf der einen und allen anderen Tieren auf der anderen Seite zu sprechen.“

Schliersee

Dass man den Sonnenuntergang
Kaum erwarten kann
Mit Hundeohren liegt man da
Wartet auf den Schlaf
Der Rehe jagt

Michael Krüger

Aus: Im Wald, im Holzhaus. Gedichte. Suhrkamp Verlag 2021
Foto: Jürgen Bauer (juergen-bauer.com)

Als 2020 die Corona-Krise unser aller Leben veränderte, hatte er gerade eine Leukämie-Therapie begonnen. Weil in dieser Situation jede Begegnung lebensgefährlich war, begab sich Michael Krüger – langjähriger Chef des Carl Hanser Verlags, Kosmopolit und Freund internationaler Autorinnen und Autoren – in Klausur. Ort der Wahl: ein Holzhaus im Wald, in der Nähe des Starnberger Sees. Sein Radius: die unmittelbare Umgebung. Seine Beschäftigung: Spaziergänge, Lesen, Denken, Schreiben.

Den Kontakt zur Außenwelt hielt er u.a. mit Hilfe von Texten, die über Monate im SZ-Magazin veröffentlicht wurden. Dass seine „poetischen Botschaften", seine „Meditationen aus der Quarantäne" bei den Leserinnen und Lesern auf große Resonanz stießen, verwundert nicht. Es tröstet und berührt, wie Michael Krüger, aus seinem eigenen inneren Reichtum schöpfend, aus Lektüre, Erinnerungen, Reflexionen und Naturbeobachtungen Welten öffnet. „Es soll ja Leute geben, die nicht an den Gott der Poesie glauben", hat Krüger in einem Interview mit Brandeins gesagt, „aber ich weiß, dass er existiert."

Abbruch

Am See unten ist ein Bootshaus abgebrannt,
man konnte es bis hier oben riechen,
ein Geruch, der bei uns ganz unbekannt ist,
wir sind eher an Laubfeuer gewöhnt.
Und den ganzen Tag die Hörner der Feuerwehr!
Ich stellte mir vor, wie das brennende Bootshaus
auf den See hinausschwimmt,
und kein freiwilliger Feuerwehrmann,
der es aufhalten konnte.
Das war vorgestern. Und gestern
ist hundert Meter von der Brandstelle entfernt
ein Taucher ertrunken.
Er hatte sich in den Schlingpflanzen verheddert,
die hier angeblich auf dem Seegrund wachsen.
In zwei Jahren der fünfte Taucher,
der hier umgekommen ist.Von jedem gibt es
ein Foto in einem Plastikrahmen,
mit Plastikblumen garniert, direkt am Wasser.
Ernste Gesichter, als hätten sie etwas gesehen,
das zu viel für sie war.
Auch heute stehen wieder Taucher am Wasser,
mit dem Rücken zum See, schwarze Tauchanzüge,
Flossen und die blubbernden Apparate
auf dem Rücken, wie nicht von dieser Welt.
Sie gehen rückwärts ins Wasser,
die toten Kollegen in Plastik im Blick.
Suchen Sie etwas dort unten,
habe ich einmal einen der jetzt Toten gefragt,
meinen Nachbarn, einen Versicherungsmakler,
seine Frau hat das Haus verkauft
und ist mit seinem besten Freund weggezogen.
Nicht direkt, war seine Antwort gewesen,
aber mitten im See gibt es einen Abbruch,
da beginnt eine andere Welt mit anderen Gesetzen.
Ich habe geschwiegen, so wie jetzt auch,
da ich auf einer Bank sitze,
den Geruch nach nassem verkokeltem Holz
in der Nase, und einem Haubentaucher zusehe,
meinem Haubentaucher, der hier alleine lebt.
Wir kennen uns seit vier Jahren.
Ein gewöhnlicher grauer Haubentaucher,
der allein lebt, am liebsten taucht er dort,
wo der Abbruch beginnt, die andere Welt.
Die Berge am Südufer sehen heute aus
wie frisch gestrichen, sie glänzen
in einer Sonne, die hier nicht scheint.
Jetzt kommt ein Westwind auf, und schon
höre ich die Musik vom anderen Ufer,
zuerst Orgel, dann Klavier und Gesang.
Wahrscheinlich wäre es in diesem Moment leicht,
über das Wasser und den Abbruch hinweg
das andere Ufer zu erreichen.

„Was du ererbt von deinen Vätern hast, erwirb es, um es zu besitzen." – mit dieser Zeile aus Goethes Faust wurden viele unserer Eltern und Großeltern in der Schule bekannt gemacht. Das „Ererbte" scheint heute, außer in materieller Hinsicht, kaum noch eine Rolle zu spielen. In der medialen Selbstinszenierung meint sich das Individuum, quasi aus dem Nichts selbst zu erschaffen.
Jemand, dem Tradition wichtig ist – auch wenn er dies zuweilen ironisiert – ist Dirk von Petersdorff. Der 1966 in Kiel geborene Schriftsteller und Professor für Neuere Deutsche Literatur in Jena stellt sich inhaltlich wie formal in traditionelle Kontexte. Man hat ihm das auch schon vorgeworfen – manche seiner Gedichte seien trivial, romantisch, rückwärtsgewandt. Möglicherweise verfehlt derart vorgetragene Kritik jedoch einen Autor, der gar nicht um jeden Preis originell sein will. Der vielmehr die Gegenstände und Phänomene des Alltags so klug in Gedichtform übersetzt, dass dabei die Zeit angehalten wird, um seinen Frieden machen zu können mit der Unerbittlichkeit.

Die durchgeschnittene Saite

Was ich brauchte, hat mir mein Vater
aus der Stadt mitgebracht:

Auf dem Korbtisch lag ein Tennisschläger –
beim aufgeregten Abschneiden des Preisschilds
und weil der Rahmen so schillerte, schnitt ich
eine Saite durch.

Später „Anrufung des Großen Bären“,
ein sehr dünnes Buch von Ingeborg Bachmann,
„Gedichte“, Zaubersprüche, dachte ich,
die ich übte im leise
knarrenden Korbstuhl.

Als er schlohweiß, Knochenhaut,
schwankte, sich am Türrahmen fluchend
hielt, zeigte er mir, dass Stärke und Schwäche
in der Dämmerung zusammenfließen.

Wenn ich heute beim Herumlaufen im Haus
an all das denke, springt ein Gefühl heran,
fest wie ein Tennisball,
dessen Hülle sich bis zum Großen Bären dehnt,

und das schützt wie Drachenblut,
und das hält verletzlich:
Was ich brauche, hat mir mein Vater mitgebracht.

Aus: hell & hörig GEDICHTE 1995 – 2020, Penguin Verlag 2022,
Foto: Dominik Butzmann

Ulrike Draesner war „elektrisiert", als sie erstmalig von „life writing" hörte – so übersetzt man in England das Wort Biographie. „Ist das nicht, was ich versuche?"
Anfangs, so sagt sie, „schämte ich mich der biographischen Momente, die meine Literatur enthielt. Man hatte mich dazu erzogen, dem nicht zu trauen, nicht nach dem Leben der Autoren zu fragen und das eigene zu verstecken." Natürlich, sagt sie, werden Lesen und Schreiben erst spannend und unterhaltsam, wenn es schillert, wenn „Phantasie und Lebenserfahrung, Versteckspiel und Offenlegung, Rückgriff und Vorgriff" mit im Spiel sind. Aber von den Bedingungen und Möglichkeiten des Lebens schreiben – und das sei es, was sie möchte – gehe nur, wenn man in eine „essentielle, emotionale und dichte, brennende und zweischneidige Beziehung zu den Themen des Textes" gehe.
Ulrike Draesner, 1962 in München geboren, lebt gemeinsam mit ihrer Tochter als freie Schriftstellerin in Berlin und in Leipzig, wo sie seit 2018 das Deutsche Literaturinstitut Leipzig leitet.

what is poetry?

putzen staubsaugen rotz abwischen geschürftes knie
bauch streicheln zum einschlafen oder wenn er wehtut
ein bettlied singen vorlesen die beine spreizen empfänglich
und tröstlich sein die wäsche in die trommel stopfen
schamhaare aus dem abfluss fischen zum zehnten mal
den klodeckel schließen die gesamten becher der familie
auf der spülmaschine abgestellt in die maschine räumen
fluchen aber unhörbar an die erziehung des mannes
denken jede erziehung aufgeben sich bücken den hund
füttern mensch ärgere dich nicht spielen wie ein trottel
endlich im bad tür von innen abschließen nach einer minute
riesengeschrei: rotz abputzen marmeladenbrot schmieren
marmeladenbrot vom teppich klauben badeanzüge
auswaschen selbst den ganzen tag nicht rausgekommen
hausschlüssel suchen multi-tasking bewundern
und verachten als mutti-tasking verhören toten vogel
vom fensterbrett schippen sich nicht ekeln ihn
in den garten bringen blick auf den sonnensturm
schmetterlinge das ganze zeug am tümpel (muss
auch endlich saubergemacht werden) libellen
für sekunden die spiegelung
sehen: sich selbst
        halbdämmrig, klein
        ein kind das die weißen
        zähne zeigt, deine zähne

es ist dein körper
du weißt kein besseres wort
        für das, was du siehst, lebendig
        und von dir
        unterschieden

weiß es mehr über dich als dir recht
sein kann es sagt: ich liebe
dich tiefer als einen wald

es sagt: dunkel ist das innere des mundes
und alles was denkt

Hans Magnus Enzensberger, 1929 in Kaufbeuren geboren, ist als Lyriker, Essayist, Biograph, Herausgeber und Übersetzer einer der einflussreichsten und weltweit bekanntesten deutschen Intellektuellen.
Sein besonderes Interesse gilt den Verflechtungen von Gesellschaft, Politik, Wirtschaft und Medien. So beschrieb er in den 1970er-Jahren „die Bewußtseins-Industrie" als „die eigentliche Schlüsselindustrie des 20. Jahrhunderts". Auch das Thema „Finanzen" hat er aufgegriffen. Zuletzt 2015 in „Immer das Geld!“, einem „kleinen Wirtschaftsroman", in dem eine Großtante drei Kinder aufklärt: über die Erfindung des Papiergelds, die Vorzüge der Arbeitsteilung, über Inflation und Geldabwertung, Kredit und Hypothek, Zins und Tilgung, Konjunktur und Kartelle. Denn: „Die Lehrer haben keine Ahnung von Ökonomie.“
Wie schön, wenn finanzielle Erwägungen einmal keine Rolle spielen, scheint uns sein „Optimistisches Liedchen“ zu sagen. Aber er wäre nicht Enzensberger, wenn nicht schon der Titel des Gedichts mit leiser Ironie verriete, dass wir uns auf die hier geschilderten paradiesischen Umstände nicht unbedingt verlassen können.

Optimistisches Liedchen

Hie und da kommt es vor,
daß einer um Hilfe schreit.
Schon springt ein andrer ins Wasser,
vollkommen kostenlos.

Mitten im dicksten Kapitalismus
kommt die schimmernde Feuerwehr
um die Ecke und löscht, oder im Hut
des Bettlers silbert es plötzlich.

Vormittags wimmelt es auf den Straßen
von Personen, die ohne gezücktes Messer
hin- und herlaufen, seelenruhig,
auf der Suche nach Milch und Radieschen.

Wie im tiefsten Frieden.

Ein herrlicher Anblick.

Aus: In die Wälder gehen, Holz für ein Bett klauen. Gedichte. Kookbooks;
Foto: Sascha Kokot

So viele Geister sind lange nicht mehr durch Gedichte getanzt. So surreal ist uns lange kein Supermarkt mehr erschienen.
„Wirklichkeit ist eine Mischung aus dem, was ich beschreiben kann, und dem, was ich für sichtbar halte“, sagt Martina Hefter. So nimmt sie uns mit in eine wie von Neonfarben ausgeleuchtete Parallelwelt, eine Installation, in der die Gegenstände des Alltags um unsere Köpfe wirbeln wie einst Goethes Zauberlehrling.
Und während wir nach Luft japsen, stellt sie unvermittelt die Frage, ob wir das alles überhaupt brauchen: „Nur noch Haferflocken essen / Kapitalismus aufessen, Hunger abschaffen, Wälder reparieren, Bäume schützen. Kein neues Bett kaufen, auf dem Fußboden schlafen.“ Und die Geister? Die haben es schon hinter sich: „Wir wissen, was mit uns passierte. / Uns wirds nie mehr passieren, / aber euch. Ihr habts schon vorher vergessen. / Könnts nicht ermessen“, dichtet sie. Denn ihre Geister, die „essen Früchte und Licht und sind insgesamt keine Lieblinge des modernen Lebens“.

Uns Geister muss es auch geben.

Uns Geister muss es auch geben.
Wir grüßen euch.
Die ihr immer so irdisch aus eurer Haut schaut.
Dazu sind wir da, dass wir Luft für euch sind.
Wir lassen das luftigste Air des Vergessens für euch steigen.
Wir kippen den Müll für euch in die See.
Sticken euch Blumen in die Haut, pinnen sie euch ins Haar.
Ihr wisst nicht von Blumen,
dass sie enden als Strohblumen.
Wir ihr endet als Strohpuppen.
Was ihr nicht wisst, wissen wir.
Für euch.
Wieso habt ihr uns nur aus dem Wohnzimmer gescheucht.
Wir wissen, was mit uns passierte.
Uns wirds nie mehr passieren,
aber euch. Ihr habts schon vorher vergessen.
Könnts nicht ermessen.
Das erledigen die Geister, die Meister des an die Wand gefahrenen Lebens.
Wir grüßen euch.

Zu guter Letzt ...

Ausgabe Nr. 1 von **dreizehn+13 Gedichte** erschien im Sommer 2021. Sie ist im Buchhandel und an den Bahnhofskiosken erhältlich.

Die nächste Ausgabe von dreizehn+13 Gedichte erscheint im **Herbst 2022.** #GreenIssue mit Lyrik zu Natur & Umwelt.

↓

Online bestellbar unter:
dreizehnplus13.de